プラチナ文庫

Platinum Label

性悪狐は夜に啼く

渡海奈穂

"Shouwarugitsune ha Yoru ni Naku"
presented by Naho Watarumi

プランタン出版

目次

※本作品の内容はすべてフィクションです。

1

昼間から宵の口までは多く人の行き交いのあるオフィス街も、深夜になればその賑《にぎ》わいが嘘のように静かになる。常備灯以外の灯《あか》りが落とされ、月明かりすら届かない曇天の夜、立ち並ぶビルの合間、その片隅に、純白の塊が蹲《うずくま》っている。

光の当たり方によっては銀色にも見える白毛で全身を覆っているのは、体長一メートルはあろうかという大きな狐《きつね》だった。

今はくるりと丸くなり、自分の体に顔を埋《うず》めているので、遠目には白くて丸い何かの球体に見える。

見る人がいればの話だが。

「殺してやる……」

低い唸《うな》り声は、まるで人の声のように聞こえる。これも聞く者がいれば、の話だが。

「殺してやる……殺してやる、殺してやる、殺してやる……おのれ、竹葉《たけば》め……」

狐の体には細長い棒のようなものが突き刺さっている。矢だ。箆《の》は半ばで折れている。

自分で、矢羽を食い千切るようにして折ったのだ。

だが鏃《やじり》は体の奥深くに食い込み、もがくほど、先端や返しが肉を裂き、その苦痛で、狐は低く唸り声を漏《も》らす。

痛みだけではなく、ひどい痺《しび》れもあった。鏃に毒性のあるものが塗り込められているのだ。だから狐はうまく身動きもできず、ただ、暗闇の中に怨嗟《えんさ》の呻《うめ》きを上げながら蹲っているしかない。

矢傷ばかりではなく、刀傷も、その体に受けている。長い体毛ですら鎧《よろい》にならず、刀の一撃が、狐の背を一文字に傷つけた。そこから流れ出る赤黒い血が美しい銀白の毛並みを穢《けが》している。

——とにかく、毒が消えるまで、じっとしているしかない。

朝がくれば人の目にも触れるだろう。そうして、万が一にも、警察だの保健所だのに捕らえられ、檻《おり》に閉じ込められるような屈辱を味わわされたら。

想像だけで、狐は気の遠くなる思いだった。その前に、自分に近づくものがあれば、どうやっても喉頸《のどくび》を噛《か》み千切ってやる。

そう決意するものの、やはりどうしても、体は動かない。

夜が明けるまでじっとしていれば、いくらか回復もするだろうか。

胃の腑《ふ》の煮えそうな思いでただ時の流れるのを待つ狐の耳が、ぴくりと、そばだった。

人の気配が近づいてくる。足音。狐は目一杯に警戒して、その音のする方に全意識を傾けた。追っ手か、と神経を尖《とが》らせる。そう、狐は、追われていた。傷つけられ逃げ出し隠れていた。その事実が狐の自尊心を傷つけ、心をひどく波立たせていた。

だが、違う。近づいてくる気配は、狐の知る、誰よりも恨みに思う相手のものではなかった。

「ん……？」

声が聞こえた。暗闇の中、より、暗い人影が、狐の少し離れたところに見える。男だ。人間の、まだ若い男が立ってる。

「やっぱり、何か、いるな？」

独り言なのか、呼びかけているのか、いまいち判別のつきづらい調子だった。狐は最大級に警戒する。ひとけのない場所を選んだとはいえ、酔客などが紛れ込む可能性はある。だが男の声も、足取りも、気配も、そういう人間のものには感じられなかったのだ。

しかも男は、遠慮のない足取りで、ずかずかと狐の方に近づいてくる。

「……」

浅い息を吐きながら蹲る狐の数歩手前まで近づいて、不意に、男が足を止めた。

警戒心を張り巡らせたまま、低い唸り声を上げ、狐はそれを見上げる。睨《にら》みつける。

男はかすかに見開いた目で、じっと、狐をみつめていた。

瞬《まばた》きもせず。他の何も目に入らないかの様子で。まるで魅入られたように。

その眼差しに、狐は苛々《いらいら》する。町に住むただの人間にとって、自分のような大きな狐を目にするのは非常識なことだろうに、怯《おび》えて悲鳴を上げるでもなく、驚いて取り乱すでもなく、逃げ出しもしない相手の様子が癇《かん》に障る。

「──何を、見ている」

苛立ちが募るのは、元々痛みと、それを与えられた屈辱のせいで気が立っていたからだ。だから自制もなく相手に吐き捨てるような言葉をかけてしまった。

「馬鹿面晒《さら》してないで、さっさと消えろ。目障りだ」

狐の白毛の美しさに見蕩《みと》れていたふうだった若い男は、それが人の言葉を発したことに、さすがに驚いた表情になった。

怯えて失せろ。内心で、声にしたよりもっと口汚い言葉で狐は罵《ののし》る。実際言わなかったのは、そこまでの気力も体力もなかったからだ。

だが男は目を瞠《みは》りはしたものの、怯える色などまるで表情には浮かべず、立ち去るどころか、むしろずかずかと大股に狐の方に近づいてくる。

狐は咄嗟《とっさ》に低い唸り声を上げ、威嚇《いかく》した。毛を逆立て、牙を剝《む》き出しにする。

「面白いな！」

なのに男は狐の脅しにさっぱり反応せず、まるで子供のようにはしゃいだ声を上げると、出し抜けに狐の体に手を伸ばした。間近に見える満面の笑み。スーツを着ているから大人ではあるのだろうが、嬉しそうな、無邪気な笑みは、やはり子供のそれにしか見えない。

「これは、面白いな！」

噛み殺してやる。そう思い狐がさらに牙を剝き出しにして口を開いた時、急に、体が浮いた。

男に抱き上げられたのだと気付いた途端、狐は屈辱と、無理に体を動かされた激痛で、気が遠くなりかけた。

ただの狐にしては巨大とも言える体を、男は何の苦もなく、やすやすと抱き上げている。嫌がってもがくほどに、狐の体の奥深くに刺さった鏃が肉に食い込み、刀傷が歪《ゆが》んで、さらに痛みが走る。

塞がる気配もない傷口から、血が流れて白い体毛と、それを抱える男の手や衣服を汚す。気付いているだろうに、男はそれでも笑っている。

「これはいい、すごくいい。俺のものにしよう。もらってくぞ」

誰に聞かせているつもりか、男は笑いながら一方的にそう高々と宣言すると、狐を抱えたままその場から踵《きびす》を返した。

ふざけるな。
そう言いたかったのに、狐は不覚にも、過ぎる痛みのせいでそのまま失神した。

2

（まったく、悪趣味だ）

目を覚ました時から、狐はもう、まったくもって不機嫌でしかなかった。

時間が経つにつれて、それはますます手酷《ひど》くなっていく。

（成金趣味を絵に描いたようじゃないか）

柔らかなベッドで丸くなりつつ、ひたすら呆《あき》れるしかない。

ビルの影に紛れるつもりで隠れていた体を勝手に運ばれ、意識を失い、目覚めた時にはここにいた。

人間の住処《すみか》。寝室だ。ずいぶんと、馬鹿みたいに広い。そしてそう、大変趣味が悪い。

巨大なベッドの寝心地はまあいいものだったが、暗い色の壁紙には満遍なく植物の絵が描かれ、天井からはシャンデリアがぶら下がっているし、やたら金細工の目立つマントルピースはあるし、キングサイズのベッドも同じ意匠で作られたヘッドボードがついている。サイドテーブルも、ソファも、どこの王侯貴族の持ちものだというような重厚な造り、絨《じゅう》毯《たん》は壁紙だけでうるさいのにさらに蔦《つた》だの葉だのが描かれた毛足の長いやつで、全体的に「お金をかけました」という主張は充分伝わるのだが、統一性というものもなく、どうもていることだ。

やはり、品がない。

まあ部屋の悪趣味にはこの際、目を瞑《つむ》る。

狐が何より苛立たしいのは、首に、この自分の首に、おぞましくも革の首輪が塡《は》められ

どうやら気を失っている間に取りつけられたらしい。

間違いなく、あの男――ビル街から狐を連れ出した若い男の仕業だ。

(こうまで消耗していなければ、引きちぎってやるものを)

それ以前に、あんな若造に抱え上げられることもなかったし、そもそも町中で行き倒れるような醜態だって晒さなかったものを。

(クソ……殺してやる……全員、殺してやる)

気絶していたのは大した時間でもなかったのか、傷の痛みはちっとも治まらない。見ればば体に刺さっていた矢は抜けている。不快な、独特な感触が消えているから、鏃も取り出されたのだろうか。代わりに、別の鋭い痛みが同じ場所にあるから、あの男か、別の誰かが、鏃を取り出すために刃物を使ったのだろう。

断言できないのは、傷のあったあたりには清潔な包帯が巻かれていたせいだ。おかげで傷を舐《な》めて癒やすこともできない。

　まあ、鏃を取り出されたのは、よかった。あれが体の中にあるだけでさらに消耗する。鏃には毒が塗られていただけではなく、その手の呪《しゅ》がかかっていた。手当てをされなければ、どのみち傷は舐められなかった。

　そう考えても、苛立ちも腹立ちも収まらなかったが、暴れる体力もないので、狐はひたすら悪趣味な部屋の中、ふかふかのベッドの上で丸くなった。

　寝室だけでこの広さなのだから、ここはどこかの屋敷なのだろうか。それとも、外の音がまったく聞こえないから、マンションだろうか。目を覚ましてすぐ、痛む体を引き摺《ず》ってドアに向かったが、忌々《いまいま》しいことに外から鍵をかけられているらしく、開けることができなかった。やけくそで体当たりしたせいで、余計に傷口が開いてしまい、馬鹿みたいに高そうな絨毯やベッドを血で汚したことに関しては、ざまをみろとしか思わないが。

　部屋の照明は落とされていて、窓には厚手のカーテンが掛けられているから、今がまだ夜なのか、それとも昼になっているかも、よくわからなかった。夜目が利くので部屋の様子はわかるが、外がどうなっているのかはさっぱりだ。

　起きてからずっと聞き耳を立てているが、近くに人間の気配はない。

　あの男はどこにいったのか。まさか、巨大な、しかも人の言葉を喋る狐を見つけたからと、見世物にする手筈を整えているわけではあるまいな——と焦《じ》れる気持ちで考える狐の耳に、かすかな足音が届いた。

外を歩く音。砂利を踏むようなものではなく、固いところを革靴の底が叩《たた》く音。やはりここはマンションなのだろうか、おそらく廊下を進む足音だ。少しして、鍵の開く音、さらに人の近づく気配がする。

（あの男だ）

すぐにわかった。特に騒がしく歩いているわけでもないのに、あの男が同じ空間――部屋の戸や壁で区切られてはいても、同じ『家』の中に入った感触はわかる――に入ってくると、何か強い圧迫感のようなものを感じる。最初に街で会った時もそうだった。近づかれて、その圧力に辟易《へきえき》したせいで、昏倒《こんとう》してしまったのだ。怪我《けが》の痛みのせいだけではなく。

さらに足音が近づいてくる。先刻より間近で、鍵の開く音。

「ただいま――っと」

狐のいる部屋のドアが開いた。そこから明るい光が差し込んでくるが、部屋が広いせいで、ベッドにまでは届かない。

「おっ、起きてるのか」

思った通りの男が、ずかずかと寝室に入り込んでくる。ずかずかも何も、おそらくこの家はこの男の住処なのだろうから、遠慮のない挙措になるのは当然なのだろうが。

しかし、この男は本当に、何というか覇気《はき》が有り余っている。一言二言声を発しただけなのに、やはり圧力を感じる。

正直なところ、手負いの身にはその覇気というか、生気が辛い。

テーブルにかちゃかちゃと何かを置く様子も、音は些細《ささい》なものだったのに、妙に神経に障る。

「どうだ？　まだずいぶん痛むか」

男はベッドの間近にまで来た。それで思い出す。この男はきっと、気を失ったままの間にもこうしてそばにいた。気配を覚えている。

（不愉快だ）

手当てらしきものをされた感謝の気持ちなど、狐には微塵《みじん》も浮かばない。とにかく首輪が不快だ。どうしようもなく不愉快だ。

その上、この男から、あの血筋の匂いがするのが気に入らない。

（竹葉家の……）

男は上機嫌にベッドに乗り上げると、狐の体に手を伸ばしてくる。鼻面や首筋を掻《か》こうとする仕種《しぐさ》を見取って、狐は威嚇の唸り声を上げると、指を噛み千切ってやろうと牙を剝く。

「おっと」

怪我の痛みなど無視して怖《おそ》ろしい素早さで噛みつこうとしたのに、男が難なく手を引っ込めたのが、小面憎い。怯えた様子もなく、むしろ、面白そうに笑っている気配がするのも。

「まあ、そう怒るなよ。俺は命の恩人だろ?」

男はすぐにまたベッドを下り、テーブルに向かった。テーブル上のライトをつけて手許を明るくしてから、またかちゃかちゃと何かしている。

狐は警戒心を剝き出しにしたまま、男の様子を睨んだ。

こちらに背を向けているので造作はわからない。出会った時に見た気もするが、痛みに気を取られていてよく覚えていなかった。体つきと雰囲気からして、二十代後半といったあたりか。スーツを着ている。これもまた高価そうなものだったが、部屋の内装と違って、センスはいい。

背が高く、目立ってがっちりしているというほどではないが、それなりに鍛《きた》えられた体《たい》軀《く》をしている。肩幅が広く手脚が長い。

やけに上機嫌で鼻歌まで歌いながら、男は狐を振り返った。銀盆を手にしている。

「飯は食えるか？　寝てる間に、水は無理矢理水差しで飲ませておいたけど」

どうやら食事を与えるつもりらしい。

これで万が一にもドッグフードなどを皿に盛られた日には、この命と引き替えにしたって八つ裂きにしてやろうと思ったが、銀盆に載せて男が運んできたのは、林檎《りんご》だの苺《いちご》だのマンゴーだののさくらんぼだののフルーツの盛り合わせと、ローストビーフの乗ったサラダだの、パンだの、シリアルだのだったので、まあ、許した。

警戒したまま改めて見上げれば、男は無駄に整った容姿をしていた。明るい色の髪をざっくりと後ろへ梳き上げた様子はあまり堅気の商売をしているように見えない。目鼻立ちが妙にはっきりしていて、そのひとつひとつの造りが美しいのは前提としても、それより強烈に印象に残るのは、異常なくらいの意志の強さだった。

目を剥いているわけでも牙を剥いているわけでもなく、むしろ友好的な笑顔すら浮かべているのに、感じるのは獰猛《どうもう》な動物が捕食に向かう時のオーラだ。狐はますます警戒した。

「ほら」

無意識に低い唸り声を上げる狐にはまったく頓着せず、再びベッドに腰を下ろすと、男が手ずから狐に料理を与えようとしてくる。フォークに突き刺したローストビーフが、狐の鼻先に向けられる。

狐はさらに唸り声を上げ、それから顔を逸《そ》らした。人の手に食べさせられることではなく（それもあったのだが、それよりも）、肉の匂いが不快だったのだ。

「ん、まだ無理か？」

男は小首を傾《かし》げ、一旦フォークを引っ込めると、今度はピックに刺したフルーツを狐の鼻面に寄せてくる。狐はそれを鼻で押し返した。どのみち固形のものを食べたい気分ではない。腹も空いていない。

大体、世話を焼こうとする相手の態度が気に喰《く》わなかった。

恩義など感じない。人間に施しを受けるなど、虫酸が走るくらいだ。

「んー」

だが男は狐の不快さに気付かないのか、それとも気付いていても頓着するつもりがないのか、さらに首を捻《ひね》ってから、今度は水差しを狐の口許に近づけた。細長い飲み口を、有無を言わさず口の端に差し込まれ、狐が嫌がって首を振るより早く、水が流れ込んでくる。

その冷たさと清涼さには、抗《あらが》えなかった。つい喉を鳴らして水を飲み込んでしまう。

「ゆっくり飲めよ」

自分で水を流し込んでおいて、勝手なことを言う。だが狐はひどく喉が渇いていて、男を睨む暇などあらばこそ、ごくごくと水を飲み続けた。

「……ふ」

息を吐くような音を聞き、怪訝《けげん》に思ってちらりと見上げれば、男が目を細めて、妙に微笑ましそうな表情で狐を見守っている。

「動物が飲み食いしたり、排泄《はいせつ》してるところって、可愛《かわい》いよな」

要するにこの男にはデリカシーという、人類においては大切であろうものが欠けているらしい。

いろいろと忌々しく、不快なことだらけだったが、とにかく相手に自分を害する気持ちだけはないらしいのを読み取って、狐は気が済むまで水を飲むと、男を無視するように改めて丸くなった。

男はなんやかやと話しかけてきた気がするのだが、答える義理などなかったし、何より疲労困憊《こんぱい》していたので、狐は再び気を失うような眠りに就いた。

◇◇◇

眠り、目を覚ますと男がそばにいて、水を飲ませてくることが数度。

腹立たしいことにベッドの上には無造作にペットシーツが敷いてあって、まあ高そうなベッドを汚してやるのもいいかと開き直って遠慮なく用を足してまた眠り、起きた時にはそれが綺麗《きれい》に片づいている。

寝室に時計がなかったので、何時間、何日経ったのかよくわからないまま、次第に水だけでは物足りない気分になっていった。

それで、毎度用意され、毎度懲りずに男が差し出してくるフルーツを、何度目かでようやく口にする。

「よしよし、喰えたか」

大粒で甘い苺を口中で噛み潰していると、男が嬉しそうに言って、頭を撫《な》でてくる。勿論狐は、頭で邪険に振り払った。

男の生気の強さは相変わらずで、触れられると傷口や毛穴がびりびりする。落ち着かなくて鬱陶《うっとう》しい。唸り声で威嚇する。

だが男はちっとも怯《ひる》まず、さらに手を伸ばして、今度は狐の首筋を掻いてきた。

相変わらず首輪がされたままだし、そもそも体の痛みのせいで自力でその辺りを掻くこともできなかったので、正直なところ気持ちよかった。鬱陶しいのと心地好いのを秤《はかり》に掛けて、後者が少しばかり勝つくらいだ。

まあいい。施されていると思えば腹も立つが、世話をさせてやっていると思えば。

献身的とも言える相手の態度に、狐は気持ちの中でそう折り合いをつけた。そう、触らせてやっているし、食事を与えさせてやっているのだ。してもらっている、では、断じてない。

「喰えるようになれば、回復するからな。喰いたいものがあれば言え、何でも持ってきてやる」

下僕だと思えばいい。『きてやる』などと言うのは、単に口の利き方を知らない馬鹿な若造だからだ。

「何が欲しい？」

男が狐の顔を覗《のぞ》き込むようにして訊《たず》ねてくる。

狐はそれを無視した。

「――おまえ、喋れるんだろ？」

相手の魂胆はわかっている。人語を喋ったはずの狐を、再び喋らせようとしているのだ。

面白がっているふうでもないのは、少し意外だった。今のところ、男が狐を見世物にするために他の人間、マスコミなどを連れてくる様子はない。写真や動画を撮って面白可笑しくウェブで広める気配もない。

ただ純粋に、狐と話がしたい。そういう雰囲気だった。

「名前くらい教えても罰は当たらないと思うぜ。俺が呼ぶ時に困る」

別に、名など呼ばなくていいし呼ばれたくもない。勝手に困ればいい。

狐がひたすら無視していると、男が「うーん」と考え込むような唸り声を漏らしたあと、

「うん」と今度は一人頷《うなず》いている。

「シロ」

頭を撫でながら呼びかけてきた相手に、狐は反射的に頭を上げそうになるのを、どうにか堪《こら》えた。

「ギンにするかシロにするか迷ったけど、まあ、シロだな。最初真夜中にみつけた時は、暗いところで、銀色の塊が落ちてるように見えたんだよ。変にぼうっと光ってるみたいで、すごく不思議だった」

狐が答えないのに、男は勝手に喋っている。

「あんな道に用事もなかったけど、酒飲みすぎたせいで車に酔って、風にでも当たるかってうろついてたところに、ものすごく強い気配がするから、何なんだろうと思ってな。この町中に熊でもいるのかと思えば、こんなでかい狐だし。最初は犬かと勘違いした」

犬、と言われてかちんとくる。熊だと勘違いするのもどうかと思うが。

「あんまり綺麗だから、驚いた。こんな綺麗なのが犬なんかであるかと思って、よくよく

目を凝らせば、狐だ。何て非常識なんだと思ったら、笑えてきた」

たしかに男はあの時笑っていた。子供のようにはしゃいでいた。

「親父は狐狩りをするが、こんなでかくて綺麗なのを、しかも生け捕りにしたことはないだろうな」

相手の言葉に壮絶な怒りを覚えて噛みつこうとしたが、またも、男は簡単に避けた。

痛みも傷が開くのも気にせず全身で飛びかかってやったのに、男の方が早く、ベッドから飛び退《の》いたのだ。

「怒るなって、別に俺はシロを生け捕りにしたとは思ってない。親父に自慢して見せびらかす気もない、他の誰にだろうと」

「誰がシロだ、犬猫でもあるまいし。勝手に名付けるな、若造が」

我慢の限界だ。悪意はない、というふうに、少しおどけた仕種で挙げた諸手をひらひら振る様子を見て、狐はついついそう声を発してしまった。

「へえ。じゃあ、何て呼べばいい？」

男はうろたえなかったし、首尾よく狐に人語を話させたことを露骨に喜びもしなかった。

その悠然とした態度が無性に癪《しゃく》に障ったが、これ以上勝手な名で呼ばれるよりはましだ。

「……秋野《あきの》だ。呼びたければそう呼べ」

白狐——秋野は、不承不承、男に告げた。

パッと、男がまたまるで子供のような表情で、笑う。

そのあまりに邪気のない表情に、秋野は迂闊《うかつ》にも目を奪われてしまった。

「俺は北斗《ほくと》。七宮《ななみや》北斗だ、おまえに名前はないのか？」

「名前なら今言っただろう、阿呆《あほ》なのか？」

「秋野ってのは苗字じゃなくて、名前なのか。まあ、狐に苗字はないもんかな」

「……」

秋野は北斗の言葉には応えず、再びその場に丸くなった。急激に動いたものだから、矢傷や刀傷がひどく痛んでいる。

北斗もまた同じようにベッドに腰を下ろした。

「その『秋野』ってのは、誰がつけた名だ？　人間か？　それともおまえみたいに人の言葉を喋る狐が他にもいて、そいつらと話す時に必要でつけたのか？」

秋野は北斗の質問を黙殺しながら、「こいつ、馬鹿ではないんだな」と少々感心はしていた。

答えないでいる秋野に、北斗は一人納得したように頷いている。

「なるほど、それを教えたら都合の悪い理由があるんだな」

いや、馬鹿ではないというよりも、聡《さと》すぎて鬱陶しい。何か答えて言質《げんち》を取られても嫌なので、秋野はとにかく北斗を無視した。

北斗の言うとおり、秋野が問いに答えないのは、そうするのは都合が悪いからだ。

秋野という名は自分でつけた。

本当の名は他にあり、それを誰にも知られたくない。名は秋野の体や魂を縛る装置だ。特に、音の響きと文字を知られれば、束縛の力が強くなる。

長い間、名付けた人間にそうして縛られてきた。

見たところこの七宮北斗という男に、『狐使い』としての力はなさそうだったが、気懸かりなのはその狐使いの血統である一族の匂いが、微《かす》かに感じられるところだった。

（狐や狐使いの存在を知っている者の態度ではないが、あいつら――竹葉家と無関係でもないらしい）

竹葉家、というのが長らく秋野の心身を縛り、いいように使い続けてきた奴らの名だ。今こんなふうに傷を受け身動きが取れなくなっているのも、そいつらのせいだった。

北斗が竹葉家の人間と繋《つな》がりがあるのなら、寝込んでいる間に連絡を取ったはずだ。今はとにかく、この場で体力を蓄えるのが得策だろう。

「ま、もうちょっと打ち解けて、おいおい話してもらうか」

北斗は頑《かたく》なな秋野の様子に苛立つ様子もなく、快活に笑って言った。

「俺は仕事に行ってくる。水と食料はここに置いていくから、いい子にしてるんだぞ。何かあればそのテーブルの電話の受話器を落として、1のボタンを押せ、俺の携帯と繋がるようにしておいた。ボタンは鼻で押せるだろ、おまえは利巧そうだからな」

「……おまえおまえと、気安く呼ぶな。俺は少なくともおまえの数倍生きているぞ」

「へえ！」

脅しをかけるつもりで言った途端、北斗は興味深そうな声を上げたので、秋野はしまったと思う。余計なことを言った。

「どうりで尻尾が割れてると思った。御先狐《おさきぎつね》は東京《とうきょう》にいないっていうらしいけど、いるもんだ」

多少は知識があるのか、それとも秋野と出会ってから調べたのか。北斗の口調には特にひけらかす響きもなく、ただただ興味本位という調子だったので、秋野はこれ以上は何も答えないことにした。

「おい。出掛けるのなら、この不愉快なものを外していけ」

代わりに、命令調でそう告げる。首輪はきつくもなく緩くもなく、されている感触に苦痛はなかったが、気分が悪すぎる。

だから外させようと思ったのに、北斗はてんで取り合わず、例の捕食者を思わせる笑みを浮かべた。

「嫌だね。あんたは俺のものなんだから、ちゃんと首輪はしておかないと。飼い主の義務だろ」

「……殺すぞ」

本気の殺意を込めて秋野が唸るように言うが、北斗は笑っているだけだ。

「どうやってだ？」

ますます殺してやりたくなったが、今の秋野には、そんな力すらない。

怪我さえしていなければ、こんなただの人間なんて、一瞬で噛み殺してやれたのに。

明朗に笑う相手に向けて、今は唸り声を上げることしかできない。

「俺は充分もてなしてやる。大人しく世話を焼かれてろよ、また行き倒れて、悪いヤツに捕まったら困るだろ」

今でも充分悪い奴、いや、ろくでもない奴に捕まっている気がするのだが。

――まあ、首輪くらい、いい。ただの道具だ。そんなものよりもっと屈辱的なやり方で囚《とら》われていた頃のことを考えれば、何でもない。そう自分に言い聞かせ、秋野は唸り続けるのをやめた。

北斗はそんな秋野の頭をごしごしと撫でてから、部屋を出ていく。宣言どおり仕事とやらに出掛けたのだろう。

(何なんだ、あの人間は)

これまで秋野が出会った人間なんて、狐使いのいけ好かない一族を別にすれば、大きな白狐を見るなり悲鳴を上げたり、混乱して襲いかかってきたり、見世物にするために捕まえようとしたり、保健所だの動物園だの警察だのに連絡しようと慌てふためく者ばかりだったが。

きっとこんな趣味の悪い家に暮らしているのだから、普通ではないのだろう。

そんな人間に捕まったのは、運がよかったのか悪かったのか。

(とにかく体力が回復したら、嚙み殺して、逃げよう)

そう決意しながら、秋野はまた眠り込んだ。

◇◇◇

しかし正直なところ、北斗の家で過ごすのは居心地がよすぎた。

上げ膳据え膳とでも言えばいいのか。北斗が何の仕事をしているのか知ったことではないが、さほど長く家を空けることもなく、寝室に居座って、何くれとなく秋野の世話を焼いてくる。

「何か喋れよ」

しきりにそう強いてくるのには辟易した。面倒なので放っておくと、

「秋野は気位が高いな」

と、なぜか妙に嬉しげに言いながら、頭や鼻面や耳の辺りを掻いてくる。この、掻き方が絶妙というか、言葉どおり痒《かゆ》いところに手が届くとしか表現しようがなく、悔しいが、気持ちいい。

仕事から帰ってきた北斗は、寛《くつろ》いだ部屋着になって、ベッドで丸まる秋野の隣に足を投げ出すように座り、左手の指先で鼻面を掻きながら、右手に持ったブラシで毛並みを梳《す》いている。

この部屋で過ごすようになってから、やはり何日経ったのかはわからないが、包帯はもう取れていた。というより、秋野が取ってしまった。邪魔だったのだ。

北斗は白い毛並みを掻き分けて傷口に薬を塗り（人間のものなのか、動物用のものなのか、秋野の与《あずか》り知らぬところだ）、そこを避けて、尻尾まで丹念にブラシをかける。

べたつく地肌は固く絞った柔らかい布で丁寧に拭くし、目脂《やに》まで取る。

到底繊細な男には見えないのに、北斗の仕種には気配りがあり、器用で、肉球まで揉《も》まれた時は、言いたくはないが、腰砕けになりかけた。

おかげでずいぶん癒えてきた気がする。血と膿《うみ》の臭いはしなくなったから、傷口自体は塞がりかけているのだろう。

とはいえ鏃に塗ってあった毒は体を巡り続け、解毒もできず、ずっと四肢が痺れている感じは消えなかった。うまく力を入れられず、身を起こしたり歩き回ることすら未だ満足にできない。薬ではどうにもならないのだ。

そんな状態ながら、水や果物以外に、パンや肉も食べられるようにはなってきた。腹に肉が入れられるようになれば、また少し力が戻ってくる。

北斗は朝晩食事を秋野に運んでくる。注意してその回数を数え、おそらく意識を取り戻してから一週間ほど経った頃、秋野はようやく自力で身を起こせるようになった。

(今のうちだ)

北斗は朝の食事を与えたあと、また仕事に出掛けていった。

秋野はベッドの上で身を起こしたまま目を瞑《つむ》り、体と精神に力を籠《こ》めた。

「……よし」

ひとり呟《つぶや》く。大丈夫だ、いける。そう確信して、さらに神経を集中する。

全身を覆っていた白い毛並が、カーテンを閉め切りテーブルの上の小さな灯りしかない薄暗い部屋の中で、ぼうっと、淡く光り出す。まるで真珠の粒が零《こぼ》れるように、光がきらきらと弾ける。

白銀の毛並みが光に溶け、消えてゆく。

代わりに現れたのは、肌色の細長い腕と脚。平らな腹部や細い首、小さな尻と華奢《きやしや》な腰。全身を覆っていた白い毛並みは、小振りな頭からさらさらと肩甲骨の半ば辺りまで流れ落ちる髪に変わる。

数秒、人が何度か瞬きを繰り返すほどの間に、秋野は白狐から、人間の青年へと姿を移した。

二十代そこそこにも、三十間近にも見え、長身だから辛うじて男だとわかるが、顔立ちや雰囲気は中性的で、性差を感じさせない服を身にまとって町中を歩けば、女性にも間違われることがある。

それが秋野の、人としての姿だった。

髪だけではなく、睫《まつげ》も眉《まゆ》も銀白だ。人間としては不自然すぎるので、町に出る時には金から茶色に見えるよう、術をかける。そういうことが秋野にはできる。

だが今はその術は使えそうにはなかった。人の姿を取り続けるには力がいる。狐のままではドアが開けられそうにないから、体力はぎりぎりだったがこうするしかなかった。

（とっとと、逃げよう）

こんな姿を北斗に見られたら、さらに面白がられる予感しかしない。

元々が人間なのか、狐なのか、秋野自身にもわかってはいなかった。人間なのに狐になれるのか。狐なのに人間にもなれるのか。人としての戸籍はない。野生の狐でもない。どうとでも生きていけるから、どちらでもいい。

「……ん」

久々に人の姿になり、凝り固まった体を無意識に伸ばそうとして、秋野は顔を顰《しか》めた。首を捻って肩や背中を見ると、生々しい矢傷と刀傷が肌を抉《えぐ》るように残っているのが見える。腹立たしい。赤黒く裂け、紫に腫れ上がり、無様なことこの上ない。

それよりももっと秋野の神経に障るのは、左胸にある傷だ。

この傷は、肩や背の傷よりもはるかに古い。すでに塞がってはいるが、血のように赤く、まるで牡丹《ぼたん》の花のような痣《あざ》が刻まれ、それを消し去りたいがために自分の爪で引き裂き、引き攣《つ》れた醜い痕になっている。

秋野は自分のその胸から目を逸《そ》らし、首に巻き付いたままの革の首輪を毟《むし》り取った。掌《てのひら》でぎゅっと握り締め、睨みつけると、蒼白い炎が唐突に噴き上がり、あっという間に革の首輪を燃やす。狐火を使うのにも体力がいったので、消し去るまではいかず、中途半端に焦げた首輪を、秋野は床に投げ捨てた。

それから、壁際のマントルピースに向かう。飾り棚には高価そうな、悪趣味な皿や置物がある。

（もうちょっと持ち運びやすいものがいいな）

逃げるなら、金目の物を奪ってからだ。怪我をした狐の姿で町中を駆け抜けるより、人の姿で金に物を言わせホテルでも渡り歩く方が安全なのは、経験上わかっている。戸籍も住処も持たない人間として、そうやって長い間暮らしてきた。

（現金か、金券か、通帳でも）

献身的に世話をしてくれた男に対する罪悪感など、微塵もなかった。相手が勝手にやったことだ。最初は生意気そうに見えたが、単にお人好しの馬鹿なのかもしれない。だがそれに同情する義理もない。利用される者は利用される。生きていく上で弱肉強食なのは人間だろうが狐だろうが同じだ。罪悪感だの感謝の心だの同情心だの、そもそもその手の感情を秋野は生まれつき持ち合わせていない。

なので遠慮なく家捜ししてみたが、寝室に現金やそれに類するものはみつからなかった。代わりに、保険証や病院の診察券はみつけた。つい保険証の文字の羅列を目で追う。北斗は今年で二十八歳になるらしい。ななみやほくと、と音だけで聞いていた名が、七宮北斗という漢字を当てるのだとそこで初めて知る。

(北斗七星かよ)

親はどんな顔でこんな馬鹿みたいな名前を息子につけたんだ。本気なのか、洒落《しゃれ》のつもりだったのか。どのみちきっとろくな人間ではないだろう。こんな悪趣味な家に住んでしまうくらいだし。

などと呆れつつ、秋野は少し納得した。

(そうか、『七宮』か)

見覚えのある字面だった。名の知れた大手企業、建築関係の仕事を請け負う一族だ。

(なるほど、竹葉の匂いもするわけだ)

秋野の名をつけた人間の家の、つまりは、ライバル会社だ。竹葉家も表向きは主に建築業を営む大企業だ。仕事でかち合うこともあるのだろう。

竹葉に敵対する家ならば、多少警戒を解いてもいいのかもしれない。が、どうせすぐに逃げ出す身だ、関わりはない。

役立ちはするだろうからこの保険証はもらっておこう、と思ってそれを手に、これ以上の成果は得られそうになかったので、秋野はそのまま寝室のドアに向かう。

ドアノブに手を掛けると、ガチリと固い感触がした。外から鍵が掛けられている。内鍵ならともかく外から施錠されているとはどういうことだ、と呆れつつ、秋野はもう少し力を籠めて、摑《つか》んだノブをゆっくり回した。耳障りな金属音と、メリメリと木の剝《は》がれる音が同時に鳴る。ノブがドアから外れる。それを床に投げ捨て、ドアを軽く蹴ると、分厚い木のドアが軋《きし》む音を立てて開く。

部屋を出てみると、この家はやはりマンションだったことがわかる。メゾネットタイプというのか、家の中に階段があり、寝室が二階で、下に居間やキッチンらしい広いスペースがあった。寝室よりはいくらかマシな趣味ではあったが、どこもかしこも成金全開の内装で、秋野はつい顔を顰めた。寝室の前には廊下があり、洗面所やバスルームに繫がっている。

そうだ、風呂に入ろうと、秋野は金目の物を物色するより先に、身を清めることを思いついた。北斗が毎日丁寧に拭《ぬぐ》ってくれていたとはいえ、長らく湯を浴びていないので気持ち悪い。狐の時も人の時も、汚れぶりは一緒だ。水で洗えば湯よりは傷に染みないだろう。秋野は水浴びや湯浴みが好きだ。そのせいで、少し浮かれたのかもしれない。

北斗が戻ってきたことに、玄関のドアが開く音がするまで気づけなかった。

寝室前の廊下から、階下に続くオープンな階段があり、そこから玄関が見える。

ということは、玄関に入ってきた北斗にも、秋野の姿が見える。

スーツ姿で帰宅した北斗は、無言で、二階部分の廊下にいる秋野を見ていた。

北斗にとっては、見知らぬ銀髪の――全裸の男が、自宅の廊下を徘徊《はいかい》していることになる。驚かない方がさすがに異常だ。

だが北斗は驚いていなかった。狐をみつけた時と同様、目を瞠りもせず、悲鳴もあげず、ただまじまじと、秋野を見上げている。

「……」

おかげで秋野の方も、取るべき反応に迷った。

騒がれたのなら脅すなり殺すなり逃げるなりしただろうが、北斗はじっと秋野の顔を見て、髪を見て、そのまま少し視線を下げて、素っ裸の股間の辺りを見ている。

「……白いのか」

それから、何か納得したように呟き、一人頷いている。

一体この男は何を言っているんだ。秋野の方が動揺しそうになった。

自分も何か言うべきか、それとも無視してここを去るべきか、秋野がどうにも決めかねているうちに、北斗がまた口を開く。

「何やってんだ?」

それはまあ、部屋の主《あるじ》としては当然の質問だっただろう。しかしもっと他に聞くべきことがあるのではないかと、秋野には疑問だった。

（こいつは、もしかしたら頭のネジが緩んでるタイプの人間だったのか？）

度を超して肝が据わっているのか、逆に判断力や現状を認識する能力が著しく欠けているかだ。どちらでも、まあ、関係ない。どうでもいい。騒ぎ立てて追い払おうとかしないのならば、こちらはこちらで、自分のやりたいことをするまでだ。

だから秋野は北斗の問いを無視して、予定通りバスルームに向かおうとした。何をやっているかなど、説明する義理も義務もない。

怪我のせいで少し覚束《おぼつか》ない足取りで秋野が廊下を進むと、それを追って北斗が身軽に階段を上ってきた。

バスルームのドアに手を掛けたところで、北斗に腕を掴まれる。

「あんた、あの狐だろ」

「――」

すんなりそう訊ねられて、さすがに少しは驚いた。空き巣だとでも思われると予想していたのだ。こんな恰好で盗みを働く空き巣がいたらいたで異様なことだろうが、それでも正体が狐だと見破る方が、よほど異様だ。

「綺麗だな」

そのうえ次に発されたのが、手放しの賛辞だ。

「狐の時から綺麗だと思ってたけど、その姿はなおさらだ。でも狐の姿も捨てがたいな。どっちもいい」

やはり、頭のネジのひとつやふたつが外れているタイプの人間なのか。秋野はつい眉を顰《ひそ》めて北斗を振り返る。

勿論自分は美しいと、秋野にも自覚がある。狐の時も人の姿の時も魔性、と昔の『飼い主』に何度も言われた。罵りと憎しみと賛美の入り交じった声で、おまえは人を狂わせるのだと繰り返し責められ、いたぶられた。事実秋野は何人もの人間の精神を、生活を、人生を、狂わせてきた。

(面倒臭い)

億劫《おっくう》だったが、仕方なく、秋野はじっと北斗の目を覗き込む。

少し茶がかった瞳には秋野の姿が映っている。それをみつめながら、秋野は、北斗の頭の芯を摑むようなイメージで、その精神を捕らえた。

捕らえようとしたつもりだった。

「惚《ほ》れた」

「は？」

だが、妙にきっぱりとした一言を聞いて、少々間抜けな声を漏らしてしまう。

秋野には、人間の心を自分の思い通りにさせる力があった。相手を魅了して、自分のことしか見られないように、自分のことしか考えられないように、自分の言葉にしか従わないように。

男だろうが女だろうが、若かろうが老いていようが関係ない。秋野に魅入られた相手は、思考すらままならず、言葉を発することも、四肢を自由に動かすことすらできなくなるはずだった。煮溶けた野菜のように、熟れすぎて腐った果実のように、ぐずぐずになった瞳でただ秋野をみつめることしかできなくなるはずだった。

「やっぱり、俺のものにしよう」

なのに北斗は、普段と同様に明瞭な眼差しで秋野を見据え、妙に無邪気な子供染みた笑顔をにこりと浮かべ、また一人得心した様子で頷いている。

そしてその相手の言いようは、一から十まで秋野の癇に障った。

(誰が、おまえのものになど)

ふざけるなと吐き捨ててやりたかったが、その代わりに、さらに強い力で相手の瞳を覗き込む。

精神を惑乱して、幸福で淫蕩《いんとう》な夢でも見せてやろう。無様に床に這《は》い蹲り、動物みたいに一人で腰を振って、幻を抱く快楽に永遠に浸ればいい。

秋野には、他人をそうやって操ることができる。

——はず、なのだが。

「歩けるってことは、傷はまああいいんだな？」

北斗ははきはきと、笑顔でそう訊ねてくる。

秋野はまた狼狽《ろうばい》した。

(何でだ⁉)

秋野が操れない類《たぐい》の人間も、たしかにいる。秋野より強い力を持つ人間や狐、性の目覚めを未だ迎えていない相手は、魅了することができない。

だが北斗は、秋野に対して充分興味津々はなずなのに。

よこしまな感情は充分感じる。子供が可愛い捨て猫ではしゃぐふうだけではなく、たしかに北斗は、秋野の裸に対して肉欲を覚えているようなのに。

相手の心身を思い通りにするどころか、今、秋野は北斗に腕を引かれるまま、バスルームから離され、再び寝室の中へと連れて行かれている。

「っ、離せ！」

相手を惑わせる力など使わなくても、日頃であれば単純な腕力の差で、化け狐である秋野がただの人間などに後れを取るはずがなかった。

なのに怪我のせいで弱ったままの秋野は北斗の手を振り払うこともできず、動揺するばかりだ。

「気安く触るな、何なんだおまえは。少しは驚いたり、怯えたりしたらどうなんだ！」

「なぜ怯える必要が？」

心底不思議そうに問われ、秋野は言葉に詰まる。

「いっ、家の中に、突然見知らぬ男が現れたんだ、普通なら、泡を喰うってものだろうが！」

「でも俺はあんたをよく知ってるぜ。俺が拾って、ここ十日くらいずっと世話してたんだからな。声も同じだ。狐の時はどうやって喋ってんだ？　人間と声帯が同じってわけじゃないんだろうし、何か、魔法みたいなもんでも――」

北斗は秋野の腕を取ったまま、空いた手で顎も摑んでくる。無理矢理口を開かされた。

「へえ、やっぱり、犬歯がでかいな。ん？　狐でも犬歯っていうのか？　狐歯……？　いや、普通に牙か」

その牙を指で撫でられ、秋野はそれを嚙み千切ってやりたかったのに、顎を摑まれたままなのでうまくいかない。

好きなだけ秋野の牙や他の歯を弄《いじ》っていた北斗が、満足したのかやっと指を離した――と思えば、今度は唇で唇に触れてくる。要するに、キスをされた。

嫌がって咄嗟に首を振った途端、肩と背中に痛みが走った。呻き声を上げる秋野に構わず、北斗は両手で頬を押さえ込んで、何度も接吻《くちづ》けを繰り返してくる。

「やめろ……」

不快だった。それ以外に言いようがない。人間の若造などに押さえ込まれ、いいように唇を奪われ、痛みや体力の消耗のせいで殺すどころか押し遣ることもできず、まるで人間の生娘のように身を強張《こわば》らせている。

しつこく唇で唇に触れ、食《は》んではくるが、北斗は口中を犯そうとはしなかった。舌を噛み切られるのを警戒しているのだろう。だとしたら、嫌がられていることはわかっているだろうに、やめる気配は微塵もない。

「やめろと言っている……！」

秋野が首を振って唸るように言うと、北斗が笑う。

「そんな。素っ裸で人の家をうろついといて、今さら照れなくても」

「誰が照れているんだ、おまえは馬鹿なのか⁉　服を着ていないのはこの姿になったばかりだからだ、だから湯を浴びて何か着ようと思っていたところにおまえが勝手に帰ってきたんだ！」

激昂《げっこう》して相手を怒鳴りつけていたら、頭がくらくらしてきた。相手との意思疎通のできなさが原因ではない。それもあるだろうが、そもそも怪我をして血を流しすぎ、まだ回復していないのだ。

「おっと」

目の前が暗くなる。秋野は床に引っ繰り返る醜態を覚悟したが、背中をしっかりしたものに支えられた。北斗の腕だった。ありがたくもない。こんな人間に助けられるくらいなら、無様に倒れる方がまだましだ。

そう悪態をついてやりたかったのに、あまりにひどい眩暈《めまい》にやられて呻き声しか出ない。そうこうしている間に、背中に今度は柔らかいものが当たった。慣れた感触ですぐに把握する。ベッドに横たえられたのだ。しかも、傷が痛まないようにと、細心の注意を払って、丁寧に。

狐の姿でいる時よりも、人の姿でいる時に人の手を借りる方が、秋野の神経に障る。口惜しさと眩暈と、いくら丁寧に扱われようが感じる傷の痛みのせいで顔を歪める。逃げ出すには時期尚早だったか。もう少し回復するまで待つべきだったか。

悔やむ秋野は、北斗が無言でいることに少し怪訝になって、きつく閉じていた瞼を開いた。

仰向《あおむ》けにされた自分に覆い被《かぶ》さるように、北斗がベッドに手と膝をついている。

その視線は、秋野の左胸の辺りに釘付けになっていた。

「……この傷、新しいものじゃないな？」

「……」

秋野がもっとも他人に見られたくない傷。

かつて自分を縛りつけていた人間につけられていた、隷属の証《あかし》。

「引っ掻いたところは治ってるのに、痣になってるところだけやけにくっきりしている。何だ、これ？」

不思議そうに呟きながら、北斗が秋野の傷――踏み躙《にじ》られ散らされた花弁のような痣に触れてくる。

「……さわ……るな」

怒鳴りつけたつもりが、囁《ささや》くような声になってしまった。

そこに触れられると、不愉快で、嫌で、嫌で、どうしようもなく嫌なのに、体の芯から力が抜けて、全身の産毛が逆立つような――限りなく悪寒に似た快感が湧き上がってくるのだ。

「やめろ……」

自分の顔が嫌悪や憎悪ではなくその快楽のせいで歪んでいるとしたら見られるわけにはいかず、秋野は精一杯首を逸らす。相手が自分の言葉にまるで耳を貸さないことが信じ難かった。あり得ない。ただの人間如《ごと》きに、自分を組み伏せることなどできないはずなのに。

「痛いわけじゃないんだよな」

北斗は無遠慮に、だが妙に優しい仕種で秋野の傷に触れてくる。じっと見られている気がした。秋野が決して触れられたくない、見られたくない痣を。いや、別に見られたっていい。そのあと殺してやるだけだからだ。だから、北斗に肌を見られようがどうでもよかった。そう思っていた。

だが秋野は北斗を拒むことすらできず、指の代わりに今度は唇で痣に触れるような真似を許してしまった。

「……ん……っ」

苦しげな、だが甘い響きの声が勝手に漏れる。それを聞いた北斗が、さらに声を引き出すように何度も秋野の胸に接吻けて、調子に乗ったのか、舌まで這わせてくる。

「あ……ぁ……」

声が止められない。簡単すぎるほど簡単に理性が消え失せそうになる。ただ、そこに触れられるだけで。

「……耳」

　ふと、北斗が呟いた。耳がどうしたと、秋野は無意識に逸らしていた顔を相手に向けた。北斗の姿が水底にいるみたいに揺らいでいる。秋野の瞳が潤んでいるせいだ。

「本当に、あんた、あの狐なんだな」

　深く感動したように呟きながら、北斗が秋野の頭に触れる。こめかみの辺りに触れられてやっと秋野は気付く。完璧に人の姿になっていたはずなのに、耳が、狐のものに戻ってしまっている。

　北斗に触れられ、こそばゆくて、その耳が震えた。

「ぴるぴる動いてる。すげぇな」

　妙な擬音を口にしながら、北斗がしつこく秋野の耳を撫でた。秋野は嫌がって首を振る。くすぐったい。動くたびに、ベッドに擦《こす》れた背中の傷が痛む。

　ずきずきと疼《うず》くようなのに、それすら快楽に繋がっていくこの感覚が、秋野は昔から大嫌いなのに、どうしても抗えない。

「ん――痛むか？」

　しきりに体を動かしている様子に気付いた北斗が、秋野の腰を摑んでそっと身を起こさせる。

そのまま、秋野は向かいに座った北斗に凭《もた》れるようにして抱き寄せられた。

「この姿の時の方が痛々しいな。人間の病院に連れていって、よくなるもんか?」

北斗は秋野の狐の耳に唇をつけながら、剝き出しの背中を、傷口に触れないよう注意しているのがわかる仕種で撫でてくる。秋野は触れられた背筋や耳をぞくぞくと震わせながら、自ら北斗の方に身を寄せる動きになってしまった。

「無駄……だ、人の、医者なんて……」

「そっか。何かそんな気がしてたんだよな」

北斗の手は秋野の背筋を下りていき、腰の辺りに触れた。

「……しっぽ」

笑いを含んだ声で囁かれるまでもなく秋野にも自覚があった。耳のみならず、尾も、狐のものが戻ってしまっている。さっきから勝手に左右に振れて、秋野自身の肌をその毛並みが撫でていた。

口惜しくて吐き気がしそうだ。これではどう見たって、北斗に触れられることに悦《よろこ》びを感じているという反応だ。

堪えようとしても、北斗は容赦なく耳の中に舌まで入れてくるし、尻尾のつけ根から先まで撫でたり、割れた尾の間を執拗《しつよう》に指で擦ってくるし、秋野の体が悦ぶことを最初から熟知しているような愛撫《あいぶ》をやめない。

何なんだこいつは一体、と繰り返し内心で悪態をつきながらも、秋野は北斗に身を寄せるようにしながら、罵声の代わりに甘い声を繰り返し漏らし続ける。

「あ……ん、ぁ……っ、……やめろ……嫌だ……」

「そうかそうか、嫌か」

どうにか制止しようと訴えてみても、これだ。笑いを含んだ声で、宥《なだ》めるような、からかうような調子で言いながら、北斗はますますしつこく秋野の耳や尻尾を撫で回すばかりだった。

腹立ちに任せて、秋野は北斗の肩に噛みついた。一瞬北斗が驚いたように身を揺らしたが、すっかり体から力の抜けている秋野は相手の肉、いや皮膚すら牙で貫くことができず、それは単なる甘噛みになった。北斗が震えたのだって、痛みのせいではなく、多分、快感のせいだ。

「ん……？　そんな、気持ちいいか？」

「……ぅ……」

ふざけるな、と唸り声を上げているつもりなのに、鼻に掛かったような甘えた喘《あえ》ぎ声になる。

名前と痣《しるし》で縛ったかつての主を殺して逃れて以来、秋野が自分の意志以外で誰かに体を許したことはなかった。

（なのに、どうして……っ）

北斗は秋野の髪を撫で耳に鼻や唇や舌で触れ、背中や尾に触れ、その手を、今度は腰から腹の方に動かした。

体を押しつけているのだから、秋野がすっかり発情していることに北斗はもう気付いているだろう。だからあたりまえの仕種で、秋野の性器にまで触れてきた。

「あぁ……っ」

また遠慮のない仕種で触れられ、秋野は大きく体を震わせる。

「すごいな。こんなに感じやすいのか」

北斗の言葉はいちいち感に堪えないといった響きで、それが秋野の苛立ちと羞恥を煽《あお》る。

口惜しい。腹立たしい。人の手でこんなに乱されるなんて。

いっそ、もう狐の姿に戻ってやろうかと思った。傷は痛むし、体に触れられて興奮させられているおかげで、体力が消耗してしまう。人の姿でいるのは疲れるから、狐に戻れば、北斗だってさすがに獣に不埒《ふらち》な行為をする気は失せるだろうし——、

（いや）

そう考えてから、秋野は自分の予測を否定した。

（こいつは、狐の姿でだって、止めないいんじゃないのか）

北斗の吐息も熱っぽくなっている。秋野に触れて、乱れる姿に、興奮している。しかも耳や尻尾にしつこくしつこく、それはもうしつこく触れている。

狐に戻ってもこんなふうに体を弄られると思うと抵抗感が湧いて出て、秋野は相手の手で尾と性器とを同時に撫でられ、擦られ、身も心も高められながら、必死になって人間の姿を保った。

◇◇◇

いかされたのは一度だけだったが、それでもう、秋野は疲労困憊して、ベッドにぐったりと俯《うつぶ》せになった。

「殺すぞ……殺してやる……」

呻くようにそう繰り返す。

北斗はそんな秋野の恨み言には答えず、湯で濡《ぬ》らした温かいタオルで体を拭いたり、水差しで（半ば強引に、口の端に飲み口を突っ込んで）水を飲ませたりと、甲斐甲斐《かいがい》しかった。

北斗がひどく上機嫌なのが伝わってくる。髪を撫でられ、収められない尻尾を撫でられ、また耳にキスをされ、しかし一方的に射精させられたあとは心身の昂《たか》ぶりが収まった秋野にとっては、触れられることがただただ煩わしいばかりだ。

「本当に、綺麗な毛並みだよな。見た目より柔らかいし。狐の時の方がもっと柔らかいか」

北斗が秋野の髪をブラシで梳いている。背中と肩の傷にはガーゼが当てられていた。秋野がじっとしているのは、疲れたせいと、その傷がいい加減痛すぎるせいだ。

「あんたは綺麗なものの塊みたいな奴だな。肌も瞳も綺麗だ。好みとしちゃ、もうちょっとふっくらしてる方がいい気もするけど」

「……おまえの好みなんか知るか」

「声もいい。唸ってるのも、何だか可愛いし」

無意識に唸り声を上げていた秋野は、そう言われて喉を震わせるのをやめた。

「こうまで好みを絵に描いたようなのに出会えるなんて、俺はよっぽど日頃の行いがいいんだろうな。せっかくの縁だ、俺はあんたに何だってしてやる。俺は俺のものに、少しだって不自由はさせせない」

この男はもしかしたら頭がおかしいんじゃないかと、本格的に秋野は疑った。

「だから、誰がおまえのものだ。俺は誰のものにもならない」

二度と、絶対、死んでもだ。その決意を込めて告げるのに、北斗はてんで取り合わず、ひたすら、愛《いと》おしそうに秋野の髪の手入れをするばかりだ。

あまりに明け透けに好意を寄せられ、正直なところを言えば、秋野は少し毒気を抜かれていた。

一方的に触れられはしたが、力で組み伏せるようなやり方ではなかった。北斗自身の欲望を押しつけるような真似もせず、本当にただ、秋野だけを射精に導いて、その様子を見て満足したようなのだ。

見下されて踏み躙られるわけではない。無様に達した秋野を嗤《わら》うこともない北斗の声音にも仕種にも眼差しにも、敬意を含んだ賞賛が滲《にじ》んでいた。邪気というものが欠片もない。

変な人間だと、やはり秋野は繰り返し思う。

「ご要望があるなら何でも叶えてやるから、遠慮なく言えよ。俺にはその力があるからな」

そして驕慢《きょうまん》そのものの台詞を、北斗は世間話のような調子で言ってのける。

彼の出自を思えば、秋野にも納得はできた。国内外で名を馳《は》せる大企業の経営者一族、おそらく首脳部に属する立場にいるのだろう。年齢から見れば彼自身ではなく、親がかもしれないが。

品のない言い種なのに、北斗の態度に嫌味がないのが、かえって秋野には居心地悪い。

(七宮っていえば、ぽっと出の成り上がりだろう)

せいぜい昭和《しょうわ》に入ってから出てきたゼネコンだ。歴史のある富豪というわけでもあるまいに、北斗に成り上がり特有のぎらついた感じがないのは、まあ、若いからだろうとは秋野も察する。秋野から見ればぽっと出だが、生まれて三十年も経たない北斗にしてみれば、生まれた時から家は裕福なのが当然だというまま暮らしてきたのだから。

「……ふん。俺の望みを何でも叶えるなんて、よく言ったもんだ」

逃げ出すにはやはり時期が早かった。

傷を負ったまま当てもなく彷徨《さまよ》うくらいなら、せいぜい、この男を利用してやる方がいいのかもしれない。

秋野はそう計算して、結論を出した。俯せになっていた顔を少し上げ、傍《かたわ》らに座る北斗をちらりと見上げる。

「なら俺は、贅《ぜい》を極めてやる。俺にすべての資産を喰い潰されても文句は言うなよ」

秋野は秋野で、しみったれた暮らしを嫌って資産家に近づき、自分の虜《とりこ》にして、いいだけ利用することを繰り返してきた。それで身代を潰し、自ら命を絶った人間もいる。

北斗だってそうしてしまえばいい。そう思って相手を嘲笑《あざわら》いながら言ってやった秋野を見下ろし、北斗がにっこりと、また無邪気な子供のように笑った。

「できるものなら、どうぞ」

絶対にそうしてやる。北斗の笑顔を見ながら、秋野は改めて誓った。

3

まず秋野が試みたのは、この最低最悪な趣味の寝室を、自分好みに造り替えることだった。

北斗に命じてカタログや資料を取り寄せ、壁紙から絨毯からカーテン、ベッドやその他調度品に至るまで、すべて海外の超一級品を選んで買わせた。

「どうせ全部親父の趣味だからな。どんどん捨てよう」

秋野は北斗の美的感覚を全否定してやったつもりだったが、話を聞けば、そもそもは北斗の父親が住んでいたマンションを家具ごと譲り受けただけだったらしい。

「親父のっていうか、親父が愛人を住ませてた家っていうか。リノベーションしてから越してこようと思ったんだけど、親父がどうせならマンション全体を建て替えるとか言い出すのが面倒で、このままにしてあったんだ」

しかしこの部屋で暮らし続けているのだから、どのみち北斗の趣味がいいわけではないのだろう。

北斗の行動は迅速で、一週間と経たずに秋野の指図通りの部屋になった。華美さを抑えたマホガニーの家具と落ち着いた色のファブリックで統一し、以前に比べればまあ地味とも言えるだろうが、かけた金額はおそらく比較にならない。何しろほとんどが手作りの一点物、しかし相当無茶を言ったつもりだったので、あっという間に揃《そろ》えられるとは秋野も思っていなかった。

　身につける服も水も食べ物も、思いつく端から上等なものを持ってこさせた。一度袖を通した服は二度と着ないと宣言し、少しでも気に喰わなければ服だろうが食料だろうが床に投げ捨てる。

　そんな秋野の様子を、北斗は一貫して楽しそうに眺め続けていた。

　面白がられているふうなのは秋野にとって気に喰わなかったが、何しろ贅沢は気持ちよかった。やりたい放題だから不満もない。一日中ベッドでごろごろして、気が向けばソファに移動して好きなものを食べ、水を飲み、あとは大体眠っている。

　傷が癒えたら北斗を殺して逃げようという決意は変わらないのだが、傷はなかなか癒えないし、自らの手で過ごしやすくしてしまった部屋は気に入ってしまったしで、気付いた時にはここに来てひと月近くが経とうとしている。

　矢傷刀傷は塞がり切らないまま、それでも多少は体力も回復し、そうすると一日中寝ていることにも飽きがきて、秋野は寝室以外でも過ごす時間が増えてきた。暇なのだ。階下に下り、巨大なテレビをつけながら新聞や雑誌を眺め、一摑み万単位の南国フルーツを一口嚙《かじ》ってはその辺に放り投げ、オープンサンドの肉だけを撮食《つまみぐい》して、あとはやっぱり放っておく。ノートパソコンを弄り、インターネット通販でさらに家具だの、皿だの、花瓶だの、時計だの、自分好みのものをどんどん買った。家中のリネン一式も、趣味の悪い花柄のものから海外の高級ホテル御用達だというものに総取り替えした。

北斗はクレジットカードを一枚秋野に渡して好きなように使っていいと言い、そのカードの限度額に上限はないらしい。その気になればマンションでも、クルーザーでも一括で買える。興味がないから買わなかったが、買ったところで北斗は文句も言わなかっただろう。

その北斗は昼間スーツを着て仕事に出掛け、そう遅くならずに帰ってきては、昼間秋野がいいだけ散らかした部屋を片づける。たまに北斗以外の人間が部屋にやってくる気配がして、そういう時は秋野は寝室に引っ込んでいるが、それが去ったあとに他の部屋を見ればあちこち磨き上げられているから、家事代行の業者でも来ているらしい。馬鹿らしくなって、秋野はわざとあちこち散らかすのはそのうちやめた。

週末、北斗は仕事に行かないらしく、リビングのソファで怠惰に横たわる狐の秋野の隣に座り、無理矢理頭を自分の膝に載せて、熱心に白毛にブラシをかけている。秋野は、楽だからと北斗の前で狐の姿に戻ったことを少し悔やんだ。ブラッシングされるのが心地よくて、抵抗する気力が湧かないではないか。

つけっぱなしのテレビからは、賑やかで下品な音楽が流れてきた。

七宮グループのテレビコマーシャルだ。歳のいったかつての美人女優が、世界中で七宮が請け負った商業施設だの橋だのを見て大袈裟《おおげさ》に褒めそやすだけの、まったくひどい内容だった。

「センスの欠片もないな」

見るともなしにそれを見ながら言った秋野に、北斗が笑って頷く。

「だろう？」

北斗は会社の宣伝には関わっていないらしい。

「おまえの家か」

今さらそう確かめる秋野に、北斗がまた頷いた。

「ワンマンのじいさんがまだ元気に老害やってるよ。跡継ぎ予定の親父も当分くたばりそうにないから、俺が継ぐのはずっと先になるだろうな」

それでも北斗は、関連会社いくつかの代表取締役と、本社の役員をやっているのだという。北斗は笑ったまま話しているが、言葉の端々から不満が覗いていた。なかなかグループ全体に関わる仕事を任せてもらえずもどかしがっているというところか。

「俺には海外事業ばっかりやらせようとする。俺はそっちに興味がないんだ、まずは国内のでかいところを勝ち取りたいのに」

「――国内なら、竹葉の方が名をよく聞くな」

さり気なく、秋野はその名を出してみた。

途端、北斗の顔から見事に笑みが消える。この上なく不愉快そうな顔になる北斗が、秋野には少し意外だった。

こんなにわかりやすく反応があるとは思っていなかったのだ。

「あそこはトップがいけ好かない」

そしてきっぱりと、北斗がそう言い切る。

「俺と大して変わらない年っていうか、俺より年下らしいのに、若造が取り仕切ってるとか」

秋野から見れば北斗も竹葉の当主も若造には変わりないが、とりあえず混ぜ返すことはせずにおいた。

「規模で言えば、あちこち手を拡げてる七宮《ウチ》の方が、竹葉よりはるかにでかいんだ。なのに国内の主要な事業の大半が、どうしてか竹葉に持ってかれる。ほぼうちに決まってたものでもだ。昔から七宮は竹葉と争って、いつもここ一歩ってところで敵わない」

いつも機嫌よさそうにしている北斗の表情も口調も、忌々しそうなものに変わったままだ。

「別に、何に優れてるってわけでもないはずなのに。人材も技術も七宮の方が上だ。コストの面でも絶対勝ってる。でも、選ばれるのは竹葉ばっかりなのは、よほど竹葉の社長が人心掌握に長けてるか――」

「よほど不正がうまいか、か?」

北斗が呑《の》み込もうとした言葉を秋野が引き取ると、北斗が、秋野を見返して人の悪い顔で笑った。

「うちより裏工作に励んでるとは思えないけどな」

笑ったのは、非合法の面でも七宮の方が竹葉に勝っている自信があるかららしい。呆れたものだと秋野は思う。

「親父もじいさんも、まだやり方が生温いんだろうよ。代替わりしたら、俺が竹葉をぶっ潰してやる。目障りだ」

北斗の様子には、若さというか、言ってしまえば子供染みた対抗心のようなものがちらついている。

そこを嗤うより、もっといいことを、秋野は思いついた。

北斗が七宮の人間だと気付いてから、薄々考えていたことだ。

「手を貸してやろうか？」

唆《そそのか》す調子で言った秋野に、北斗が怪訝そうな顔になった。

「は？」

「俺も、竹葉には個人的な遺恨がある」

北斗が今度は少し探るような眼差しになって秋野を見る。

「っていうのは？」

「俺は竹葉に飼われていた身でね」

打ち明ける屈辱と、北斗の利用価値を秤に掛けて、後者が勝った。秋野は他人に知られたくはないことを北斗に打ち明けることに決めた。

適当な法螺《ほら》話で煙に巻くには、北斗は多分聡すぎる。少しの矛盾や嘘を見せれば秋野の話に乗りはしないだろう。そんな予感が秋野にはした。

だから話せる範囲で、真実を教える。

「おまえの家が、なぜ竹葉に勝てないのかって、それは簡単な話だ。あの家は俺のような人間の常識外の存在を操り、怪異に対処している。おまえも建設に関わってるなら知ってるだろう、どうしても工事のできない土地や、取り壊せない建物。どれだけ智慧《ちえ》を絞っても人の集まらない施設。そういうものを、竹葉の奴らが片づけてる。奴らが選ばれる理由はそこだ」

「……」

北斗は秋野の言葉に、露骨な不信を浮かべるような真似はしなかったが、得心した様子も見せず、ただ聞き入っている。

「狐使い、と呼ばれている。俺が竹葉に使われていた狐だ。嫌気がさして逃げ出したところで、この仕打ちに遭った」

秋野はちらりと、自分の肩の方に視線を遣った。

嘘はついていない。竹葉家から逃げ出したのはずいぶん昔の話で、嫌気がさしたついでに先代の当主を初めとして、現当主の姉や、彼らに従う人間、狐も、たくさん殺した。隙を見て竹葉家に近づいては、手当たり次第に傷つけ、殺している。だから竹葉は秋野を殺し返そうとした。これ以上の犠牲者を出さないようにと。

(全員殺すまで赦すものか)

人間に使われることは、秋野にとって屈辱でしかなかった。殺しても殺し足りない。ただ殺すだけではなく、心身共に傷つけて、尊厳を奪って、嬲《なぶ》り尽くしたい。――かつて自分が、竹葉の人間にそうされたように。

「胸の傷もか?」

かいつまんだ説明だけで、自分がされた仕打ちのすべてまでは口にするつもりはなかった秋野だが、北斗に問われて、少し黙った。

胸の傷こそが秋野の屈辱と怨嗟の根源だ。

秋野の人外としての力を引き出すために、竹葉の先々代、最初の主人は秋野を陵辱《りょうじょく》した。子狐だった秋野を犯した挙句、自分の所有物、決して逆らわない道具にするため胸に徴《しるし》を刻んだ。

その徴を自ら抉り取ろうとしても無駄だった。狐は竹葉の血筋に逆らえない。秋野の生まれついたのがそういう立場だった。秋野の親も竹葉の狐だ。最初から、秋野は竹葉の道具になるための存在として生まれた。

先々代が死んで彼自身との契約は破棄されたが、『竹葉の狐』としての呪縛が消しきれない。

竹葉の人間を殺し尽くし、彼らに使われている狐たちをやはり殺すことで解放してやることに、秋野の心が縛られて、自分でもどうすることもできない。

「……ああ。竹葉の奴らに、やられた」

その心情は北斗には告げずにおく。言えなかったのか、言いたくなかったのか、秋野は自分でもわからなかった。どのみち同じことだ。

言い淀《とど》んだせいで、北斗の眼差しがいささか不信の方に寄った。秋野は微かに鼻を鳴らす。

「ふん。さすがに、信じられないか？」

怪異だのと、言葉にすれば胡散《うさん》臭く聞こえるだろう。

秋野も相手の反応を探るように、少し小馬鹿にした調子で訊ねてみれば、北斗が小さく首を傾げる。

「あんたが狐だってのは、目に見えるから信じるけどな。狐が人間になれるのも、ただの狐ってだけじゃない力があるようなのも、普通じゃないんだろうけど事実なのはわかる。ドアを壊されたしな」

北斗不在の間に逃げ出そうとした時、寝室のドアノブを壊してやった。北斗曰《いわ》く、外から鍵を開けなければ、どれだけ力の強い人間であっても、どんな道具を使おうとしても、ドアを開けることは不可能だったそうだ。そんなものを愛人のためのマンションに用意した北斗の父親も、どうかしていると思うが。

「じゃあ、何を訝《いぶか》る」

「あんたが、唯々諾々と他人に従ってたってのが、ぴんと来ない」

狐使いと狐の契約の話を省いたのだから、それはそうだろう。

だが秋野はどうしても、自分が人に使われるために生まれ、契約によって隷属させられていたことなど、言いたくなかった。

「……俺だって、若くて未熟だったのさ」

それだけ答えた秋野に、北斗はやはり腑に落ちない様子で、「ふうん」と頷いている。

「ま、利害が一致してるっていうなら、手を組まない理由もないか」

だが決断は早かった。北斗はさして考え込むふうもなく、秋野の提案を受け入れた。

秋野は満足して目を閉じ、話す間も休むことなく毛並みを整えていた北斗のブラシの感触を味わった。

◇◇◇

翌日から早速、秋野は北斗と行動を共にすることにした。

ちょうど、大型ショッピングモールの再建を、七宮が竹葉と争っているところだという。

「じいさんと親父たちは無茶なコスト縮減を打ち出して勝負をかけるつもりらしいけどな。――あんたの話を聞いて思い出したんだ、再建予定地になってるモールは、立地的にもテナントにも恵まれてるっていうのに、なぜか人が集まらずに破産したんだ。原因不明の死亡事故が何度も起こって、今じゃネットで有名な心霊スポットになってるとか何とか」

北斗にそう聞いて、秋野から、自分をその場所に連れて行くよう告げた。いかにも竹葉向きの案件だ。

「発注者の指名で入札競争になる形なら、確実に出来レースだろうな。七宮の計画書を検討するふりで、最後には絶対に竹葉が選ばれるだろう」

特注のスーツに身を包み、白手袋の運転手がハンドルを握る高級外国車の後部座席に北斗と並んで収まった秋野は、小声で相手に話す。運転手は長年北斗の送迎をしている信頼のおける者だというが、竹葉が狐使いだの、秋野が狐だのということは、聞かれない方がいいに決まっている。

「それを覆すことが、あんたにはできるのか？」

北斗に問われ、秋野は口端を曲げて嗤った。

「やってやろう。要するに、そこに怪異があるのなら、取り除けばいいだけだ。その上で、工事に支障はないと言ってやればいい」

「ふーん」

北斗はあまりぴんと来ない感じだった。北斗は怪異を信じるとは言ったが、普通に生きていれば、そういうものに遭遇することもないだろう。理解できないのも当然だ。

「怪異ってのはあれか、つまり、霊とか妖怪とか、そういうのが出るって感じか？」

「大抵は念だ。人の情念、怨念、そういうものが吹き溜《だ》まって害をなす。自然に集まる場合もあるし、呪術で人為的に集められる場合もある」

「映画や漫画の世界だな。で、それをあんたが祓《はら》い清めたりするわけか」

「馬鹿を言え、俺はおまえら人間の言うところの『穢れ』だ」

鼻先で嗤いながら、秋野は北斗の問いに答えた。

「祓い清めるのは東吾《とうご》……竹葉の人間の仕事だ。俺は奴らが清めることのできない、あるいは清めるほどではない穢れを、それ以上の強い穢れで追い払うか、喰い潰す」

だから狐使いは、狐を利用しながら不浄だと蔑《さげす》む。

――というところまでは、秋野はやはり意図的に北斗に告げなかったが。

「指名された業者に竹葉が入っているのなら、発注する側が怪異を把握している可能性があるということだ。竹葉の力はその道では噂レベルであってもそれなりに伝わってるものだと思っていたが、おまえは知らなかったんだな」

秋野が言うと、北斗が少し面白くなさそうな顔になった。

「じいさんと親父が、竹葉を邪魔臭そうにしてる割に、本気でぶっ潰そうとしない理由が何となくわかった。俺を除け者にしてヒソヒソやってる時があるのもな。親父たちは、つまり竹葉の奴らがそういうやり方でのさばってるのを知ってたわけだ」

まあそうだろうと秋野も思う。工事の前に、関係者が揃って真顔で地鎮祭をやるような国だ。大きな事業になるほど、縁起担ぎを大事にする。世の中には理屈に合わない怪異があることを知っていて、それを取り除くためには竹葉のような力を持つ者に頼らなければならないと、半信半疑の若者に真剣な調子で申し送りをしていくのだ。

「親父たちも、日取りだの方角だの異様に気にするからな、俺はそんなもんは阿呆らしいって子供の頃から言い続けてるけど」

「だからおまえは『除け者』にされてたわけか。竹葉が出張らなければならないような案件に下手に関われば、おまえの家全体に災厄が降りかかるかもしれない」

「そんなことがあるもんか？」

北斗はまだ半信半疑だ。オカルトの類を、馬鹿にするまでもなく、まったく意に介さないタイプなのだろう。これでよく俺を拾って、正体を知っても平然としていたものだと、秋野は呆れるを通り越して感心した。

本人にそう告げると、北斗が笑う。

「俺は現実主義だからな」

「だったら、俺の姿を見た時点で、多少はうろたえたり、非常識だと激昂するもんじゃないのか」

「俺は俺の見たものを信じる。自分の目を疑ったりはしない、世界で一番信用できるのは俺自身だからな」

言い切る北斗に、秋野は結局呆れた。よほどおめでたい頭の造りなのか、よほど柔軟性に富んでいるのか。

どちらにしても変な人間であることには変わりあるまい。北斗の周囲の人間、特に仕事の部下などは苦労するだろうなと秋野は何となく思った。北斗は自分の祖父をワンマンだと言っていたが、本人だってきっと相当なものだろう。

話している間に、車は目的地に着いた。今度工事の入札があるというショッピングモール。都の外れ、駅からも離れて車を使わなければ辿《たど》り着けないような土地だから、通りがかる車も少ない。

だだっ広い駐車場に車が停まる。北斗は運転手にここで待つよう伝えて車を降り、秋野もそれに続いた。

「――――」

そして一歩外に出た瞬間、きつく眉を顰めてしまう。

「どうした？」

気付いた北斗が秋野に呼びかけた。

駐車場からは、二階建てでいくつかエリアごとに別れた建物が見える。食料品だのファッション用品だの、輸入雑貨だのレストラン街だのが入っていた小さな町のような場所だった。かつては西洋風の城を模したような白亜の建物が並んでいたはずだが、今は薄汚れて、全体が灰色に沈んでいる。周りを取り囲む、家族連れ用の憩いゾーンだか散歩ゾーンだかの並木通りも、まったく手入れのされていない木々が枯れたり、逆に繁りきって椋鳥《むくどり》の根城になっていたりと、陰鬱な雰囲気だった。

夜になれば柄の悪い若者や住所が定かではない類の者が入り込み、治安の点でも問題になっているらしい。

今はまだ昼過ぎだが、どんよりとした重たい雲が空に垂れ込めているせいで、ショッピングモールは暗い影の塊のように見える。

「幽霊だのお化けだのが見えるのか？」

北斗が特にからかう調子でもなく、秋野に重ねて問う。

しばらくモールの方を険しい目つきで見ていた秋野は、軽く鼻を鳴らした。

「もっと都合の悪い——いや、いいものの気配がする」

北斗はますます不思議そうな表情になったが、秋野は構わず、建物の方に足を踏み出した。

(竹葉の匂いがする)

憎悪しか感じないあの血統の匂い、その頭領たる男、竹葉東吾の匂い。それから他にも、見知った者の匂い。

彼らもこのショッピングモールに来ているのだ。そう気付いて、秋野は未だ癒やしきれない体の傷、それにもう塞がっているはずの胸の傷や痣が、じくじくと痛み出すのを感じた。

ショッピングモールの跡地には、一応警備が入っている。正面玄関には、不法侵入者は通報の上で厳罰に処すと大きな看板が出ていた。

北斗はあらかじめ持ち主に連絡を取っていたようで、中に入る時に電話をかけ、セキュリティを解除するよう頼んでいた。長年放置された建物は危険だからと、本来ならば権利者側の案内が必要だったが、秋野から余計な人間を連れてこないよう北斗に伝えてあった。セキュリティの解除は遠隔でもできる。

「――え？　……そうですか。わかりました」

電話を掛けていた北斗の声の調子が少し変わった。

「先客がいるんだろう」

通話を終えた北斗に秋野が訊ねると、「よくわかったな」というような表情で頷きが返ってきた。

「竹葉の奴らも来てるそうだ。向こうは向こうで案内もなく、単独で。――わかるのか？」

「忘れたくても忘れられない気配だ。当主と、その取り巻きと。俺にこの傷を負わせた奴も」

背中の刀傷は竹葉の当主に、肩の矢傷は護衛の奴にやられた。

「挨拶しないと、ってもんか」

北斗はまた面白がっているように見える。

秋野は北斗と共に建物の中に入った。内部の灯りのほとんどは消えていたが、防犯のためか常備灯がいくつか点《つ》いたままになっている。それでも日が翳《かげ》っているせいもあり、ずいぶんと薄暗い。

空気がひんやりしていた。外の気温より数度低い。

「暗いな」

懐中電灯でも持ってくればよかったかと、北斗が呟いている。暗いが、夜目の利く秋野には何の問題もなかった。親切に北斗を導いてやる気もなく、さっさと広い通路を歩いていく。

両端にある空き店舗はシャッターすら下りていないところが多く、なぜか夜逃げでもしたかのように、什器《じゅうき》や段ボールの取り残されている店まであった。

（吹き溜まりじゃないか）

空気がひどく重たい。ここは最初から場所がよくなかったのだ。よくもこんなところに人の集まる建物など作ろうと思ったものだと、秋野はいっそ感心する。施工主は竹葉ではない。竹葉に並ぶ大きな企業だったのが、ここに関わって以来凋落《ちょうらく》し、今はもう会社として残っていないのではなかったか。

（どうでもいい、そんなことは）

秋野は迷わず、人の気配のする方を目指して、がらんとした建物の中を進んだ。人ではない気配があちらこちらにあったが、無視する。どうせ雑霊か念の吹き溜まりだ。自分に手など出せない。

だがただの人間、そういう方面の力を一切感じられない北斗はどうなのか。心配していたわけではないが、自分の後ろをついて歩いている北斗を、秋野はふと振り向いた。

「ここ、取り壊したらアスベストと虫でえらいことになるだろうな。来る途中、取り壊し反対運動の垂れ幕とかあったけど、住宅街に」

ないようだ。

北斗は他人事のように呟いている。暗さも、空気の冷たさも重たさも、まるで感じていないようだ。

動じない性格であるというのは短い付き合いで秋野もわかっていたが、それにしても怖じ気というものを感じないにもほどがある。

(霊感のひとつもない人間だって、具合が悪くなるくらいのところだぞ？)

少しでもわかる人間ならば、建物に入ること、いや、近づくことすら嫌がるレベルだ。そういう感応のない者だとしても、「気味が悪いな」「何だか嫌なところだな」と尻込みしなければおかしい。

「おまえ……この場所で、何も感じないのか？」

つい秋野が訊ねてしまうと、薄暗がりに目を凝らして辺りを見回していた北斗が、秋野に視線を向ける。

「竹葉の計画だと、基礎工事からやり直すなんて言ってるんだけどな。建物自体、まあ使われてないから老朽化はしてるけど、補修したら使えないってこともないだろ。ガワだけ手を入れりゃ、予算が桁違いに安くなるのに」

「……そういうことではなく」

「基礎から壊して作り直さないといけない理由ってのが、竹葉が選ばれる理由なわけか？」

北斗が何をどこまで理解しているのか、秋野には読み切れなかった。まあいい、今はそれより竹葉の奴らだ。

秋野は極力気配を殺し、辺りに漂う不穏な空気に自分を紛れさせるようにしながら通路を進む。

北斗には言っても無駄だろう。カツカツと小気味いいほどの足音を響かせながら歩いている。

（近い）

建物の中央、吹き抜けの広場に出る前に、秋野は北斗の方に近づいた。

「先に行け」

そう告げて、相手の返事を待たず、通路のあちこちに落ちている影——人の念が集まり、不浄の塊になったもの——に自分を同化させて姿を隠した。

そのまま北斗の影にも紛れる。

人の話し声が聞こえた。そして広場の中央にいた男が二人、はっとしたように北斗を振り返る。

「やあ、これはこれは、竹葉のご当主」

ふざけた口調で北斗が言う。

スーツを身にまとった、黒髪、涼しげな顔立ちの若い男が、警戒を押し隠すふうにしながら北斗に視線を向け、軽く目礼した。竹葉東吾も、七宮の人間が今日ここに来ることを、建物の持ち主側から聞かされていたのだろう。

東吾の傍らには、彼よりは年長に見える男が付き従っていた。秋野は名前を知っている。三枝《さえぐさ》という、竹葉の傍流の出で、長らく東吾の護衛を務めている男だ。

（貴様らが……）

影に潜ませた秋野の体、その傷口に、火が着いたような痛みが走る。恨みのせいで傷が疼いて仕方がない。痛めつけられてからもうひと月以上は経つというのに、まるでたった今その傷をつけられたかのように痛む。

「今日は、会長は？」

挨拶代わりのような東吾の呼びかけに、北斗があっという間に機嫌を損ねるのが、秋野にもわかった。東吾は社の代表、北斗は会長の孫。おまえでは話にならないと侮られたような気がしたに違いない。

その北斗の不快さにも触発されたのか、秋野はもう、自分を抑えきれなくなった。

「東――吾ォ！」

咆哮《ほうこう》を上げながら、身を潜めていた影を振り捨てるようにして飛び出し、一気に東吾の方へと飛びかかる。人の姿では動き辛い、白狐の姿で、相手の喉頸目がけて牙を剝き出しにしながら。

微かに目を見開く東吾の顔が間近にある。視界の端に、三枝が反射的に東吾を庇《かば》うよう
な動きを取ろうとするのが映る。

（遅い！）

人間如きの動きなど、狐の秋野にとっては停まったようにしか見えない。

（殺せる）

東吾たちは、まさか七宮の人間が秋野を連れて来たなんて予測もしていなかったのだろ
う。何度も三枝、それに東吾自身に阻まれてきたが、今こそ東吾を殺し、竹葉に対する積
年の恨みを晴らすことができる。

秋野が全身を歓喜に包まれたのは、だが、一瞬のことだった。

東吾の喉頸に牙が届くと確信した瞬間、目の前に青い火花が散った。鼻面に激痛。咄嗟
に、甲高い鳴き声を上げ、秋野は後ろへと飛びすさる。

東吾の前には小柄な少年が立っていた。

その少年の姿を、秋野は信じがたい思いで見遣る。

「……秋野さん」

少年が、少し困ったような顔で秋野の名を呟いた。色素の薄い髪、肌、細い手脚に華奢な体。秋野にも見知った姿。ほんの一ヶ月前、この怪我を受けた時にも会った。

彼も竹葉の狐だ。

だが、秋野が覚えている姿から、かけ離れた印象になっている。

「理也《りや》……まさか、東吾と、契約したのか」

唸るように低い声で秋野は問う。

意識的に、りや、と少年の名を口にしてみたが、相手の様子は揺らがなかった。困ったような、悲しそうな表情をしていたが、瞳の強さが揺らがない。

何があっても背後に庇う東吾を、自分よりもはるかに大きく年上の男を守り抜こうという決意が、その全身から滲んでいる。

秋野の問いには答えなかったが、理也の様子で、すでに明白だ。

「退《ひ》いてください。俺はあなたと争いたくないです」

悲しそうな声で少年、理也が、秋野に呼びかける。

「おまえが理也につけた徴なら、俺が消した」

身を低くして唸り声を上げ続ける秋野に今度呼びかけたのは、東吾だった。

その東吾の眼差しに見下す色も敵愾心《てきがいしん》も嫌悪もないことが、秋野は昔から気に入らない。

東吾を理也が、三枝が、守ろうと身構える姿も、何もかもが気に喰わない。

「おまえが俺や竹葉のすべてに恨みを持っているのは重々承知しているが、殺されてやるわけにも傷つけられてやるわけにもいかない。理也が、泣くからな」

東吾の言葉を聞いて、秋野と対峙《たいじ》することに緊張感を漲《みなぎ》らせていた理也の表情が、わずかに柔らかくなる。

「一応、私も悲しみますよ、お館様」

横から三枝もまるで軽口のような言葉を挟むと、理也の顔がますます和らぎ、東吾も口許に笑みを浮かべる。

そんな三人の姿に、秋野は胸が悪くなるような気分を味わった。

「茶番を」

秋野の怒りを見取ったか、東吾がすぐに笑みを消した。

「アキ、おまえを殺すこともできない。それも理也が泣く」

目の前が赤く灼《や》けるような気がした。秋野は咆哮を上げながら、再び東吾を殺すために相手へと飛びかかる。三枝が手にしていた細長い布包みのもの――中身は鞘《さや》に収まった刀だ――を秋野に打ちつけ阻もうとする。秋野は身を反転させてそれを避け、即座に再び身を翻してまた東吾に襲いかかる。

東吾と三枝はすでに後退していた。東吾が刀を、三枝が矢を番《つが》えた弓を構えている。何がおまえを殺すこともできない、だ。秋野は大声で笑ってやりたくなった。それが叶わなかったのは、東吾たちを睨みつける視界の端を蒼白い炎が掠《かす》ったからだ。

空気を裂く音を立てて、秋野の鼻面すれすれを、冴《さ》えた色の炎が尾を引くように走る。狐火。秋野が使うものと同じ。

理也が秋野の正面に立っている。他の二人と違い得物は持っていない。必要がないのだ。狐はただその体と身に宿した力で戦うことができる。

「お願いだから退いてください。東吾さまに力をいただいたおかげで、俺はもう以前の、何も知らないままの子狐じゃないんです」

「――殺せるっていうのか、俺を。おまえが？」

少し前まで、本人の言うとおり、理也は自分が狐であることにすら気付かない、弱いばかりの子供だった。だから秋野が理也を誘い出し、言い包めて、自分に従う道具に仕立て上げようとした。竹葉の人間が、秋野にそうしたように。

完全に成し遂げたわけではなかったが、一度誰かと契約した狐は、相手が死ぬまでその呪縛から逃れられないはずだった。

だが今理也は、竹葉の――東吾の狐として、秋野の前に立ちはだかっている。

「殺したくはないです。でも、どちらかを選ばなくちゃいけないなら、俺は東吾さまを守る方を選びます」

迷いのない眼差しと口調で理也が言い切る。秋野は最後まで聞かず、今度は理也に向けて跳びかかった。

理也がすぐにまた狐火を生み出し、秋野目がけて奔《はし》らせた。それを避けようとした途端、秋野の身にまた痛みが走る。だが気にせず身を捩り、リノリウムの床に脚をついてから、すぐにまた理也に飛びかかった。

「……っ」

秋野も小さな狐火をいくつも生み出し、立て続けに理也に向けそれを放つ。理也が両腕でそれを防ごうとしたところに、体当たりして相手の体ごと床に転がる。

「理也！」

東吾と三枝が同時に叫び、二人の持つ武器がこちらに向けられる気配を秋野は察した。だがそちらに目をくれず、理也の腕に牙を立てる。またいくら体を刃で切り刻まれようと、矢で貫かれようと、手始めに理也から殺してやる。

「――っと、そこまでだ」

理也の苦痛に歪む顔を見ながら、次に来るであろう東吾たちの攻撃を覚悟していた秋野の耳に、場違いに思える声が唐突に割り込んできた。

声は近くで聞こえた。理也の腕から牙を抜き、振り返ると、秋野に背を向けて北斗が立っている。

それを見るまで、秋野はすっかり北斗の存在を忘れていた。

北斗の向かいには、刀と矢をそれぞれ構えた東吾と三枝が、少し戸惑ったような顔で立っている。

「そのガキを殺すなよ、秋野」

「は……!?」

命令口調で言われ、秋野は激昂しかける。が、北斗は秋野に構わず、東吾たちの方に視線を向けていた。北斗は片手に何かを持って、東吾たちの方にそれを見せつけている。携帯電話だ。

「さてここで、空気を読まないことに関して定評のある俺が、廃墟《はいきょ》でいい歳した大人が刀と弓を持って暴れてるって通報したら、警察はあんた方を銃刀法違反だとか、凶器準備集合罪なんかでしょっぴいてくれるもんかね？」

「おい！　余計な嘴《くちばし》を挟むな！」

声を上げた途端、腹の辺りに激痛が来た。北斗に気を取られた隙を突き、理也の狐火に撃たれたのだ。衝撃で息を吐くことしかできなくなり、身を強張らせている間に、秋野の四肢に押さえつけられていた理也がその下から逃げ出した。秋野は床に倒れ込まないようにするだけで精一杯だった。

「それとも談合にしか見えない落札ばっかりされてる竹葉さんが未だにお咎めなしのままでいるのを見れば、そっち関連も抱き込まれてるのか？　マスコミにすっぱ抜かれたこともないのならそれもお触り禁止事項か。よくわからんから、リアルタイムで動画でもネットにアップするのもいいな、竹葉建設の若き社長が刀振り回して廃墟で遊んでますってな」

「――脅すようなことは言いたくないが、それをやれば、七宮グループ全般に累《るい》が及ぶ」

刀の柄を握ったまま、東吾は取り乱すことなく、冷静な口調で北斗に告げている。

北斗が芝居がかって肩を竦めた。

「それは困る。だからさっさと消えな」

「貴様……ッ」

ようやく呼吸を取り戻した秋野が顔を上げた時には、北斗の背中の向こうに、東吾たちの姿は見えなくなっていた。気配が遠ざかっていく。

逃げられた。追おうとする秋野の前に北斗が立ち塞がる。

「何のつもりだ！　なぜ邪魔をした！　おまえも竹葉に敵対する者じゃなかったのか！」

目の眩《くら》むような怒りを覚えながら秋野は声を上げた。実際眩暈がしていた。傷が治りきらないうちに派手な立ち回りをして、狐火を使い、理也からそれを喰らったダメージは、予想以上に深刻なようだ。

「なぜって、あの狐が可愛かったからさ」

「……は？」

ぐらぐらする頭を持て余しながら、秋野は頭を擡《もた》げて北斗を見上げた。秋野は殺意を剝き出しにしているつもりだったのに、北斗は気にしたふうもなく、秋野の目の前にしゃがみ込んでいる。

「竹葉の奴らはどうでもいいけど、あの子供、リヤって言ったか？　あいつは殺したら勿《もっ》体《たい》ないだろ。秋野に会って気付いたんだけど、俺はどうも狐ってやつがものすごく好きみたいだ」

「……馬鹿馬鹿しいことを……」

呆れ果てて毒気が抜かれる。眩暈がひどいせいもあり、秋野は東吾に牙を剝くのをやめて、その場に投げ遣りに座った。

「……あれが狐だと気付いていたのか」

そのことに、秋野もやっと気付いた。理也は人の姿を保ったままだったのだが。

「なぜわかった？」

「さあ、勘かな。というか、あんたに似てたからか」

「……」

あんな貧相な狐に似ていると言われるのは不本意だったが、北斗の指摘を、秋野は否定できない。

似ていて当然なのだ。理也は秋野が狐に生ませた子供だ。要するに、息子だった。

秋野自身は相手の狐に愛情があったわけでもなく、単なる行きずりというか発情期の成り行きでしかなかったし、その狐が孕《はら》んだことも長らく知らなかった。

だから理也に対する親子の情などない。むしろ、自分に刃向かい、竹葉に与した敵でしかない。

「似てるって言っても、リヤの方が何て言うか清楚《せいそ》で、健気《けなげ》な感じで、よかったな」

なのに北斗が理也をそんなふうに賞賛するので、秋野は苛立った。

「竹葉の社長が羨《うらや》ましいぜ、あんな可愛いのを侍《はべ》らせて。俺も『北斗さまをお守りします』とか言われてみたいもんだな」

くだらない。秋野は返事をする気にもなれずに北斗を無視した。乱れていた息をどうにか整え、立ち上がる。人の姿を取る余力がなかったので、狐の姿のまま、もう自分と北斗以外に誰の気配も——生きているものに関しては、だが——しない建物の中を歩く。

北斗も秋野についてきた。何をしているのかと訊ねて秋野を煩わせるようなこともなく、大人しくしている。

「……この件は、諦めるんだな。すでに浄化が始められている」

しばらく廊下や空き店舗を見て回ってから、秋野は北斗に告げた。

あちこちに、不浄なものを消すための術が仕掛けられている。元々ある不浄なものを取り払うだけならともかく、竹葉の当主自らが施した術まで消し去るのは、不可能だ。

「忌々しいが、今の俺の力ではもう手出ししようがない。この土地を建物ごと吹き飛ばすようなやり方でもできれば別だが」

「ふうん、そういうもんか」

北斗はさして落胆した様子もなく、頷いた。

「じゃあ、ま、今回は諦めるとしよう」

そう言ってもう出口の方へ歩き出す北斗の隣を歩きながら、秋野は怪訝な気分で相手を見上げた。

「ずいぶんとあっさりしたものだな」

「引き際がいいのが俺の長所だ。ここの仕事はどうあっても竹葉に決まるんだろ、だったら無駄な時間や金をかけて対抗したって仕方がない」

「俺が七宮を不利にするためにおまえを騙《だま》そうとしていない証拠もないぞ」

そう言った秋野に、北斗がふと笑う。

「さっきの竹葉のご当主とあんたの様子を見てそう思うのも、なかなか至難の業だろ」

「……」

「さ、帰ろうぜ」

睨む秋野の視線を相変わらずものともせず、北斗はさっさと歩き続ける。

苛立ちを抑えながら、秋野はそのあとをついていった。

4

東吾を殺すことはできなかったし、やってやろうと大口を叩いたのにショッピングモールの件を自分の力で七宮に回すよう仕向けることもできなかったし、せいぜい理也の腕に噛みついてやったくらいで、秋野はちっとも気が晴れなかった。

せめて腕の肉を裂くくらいしてやればよかった。狐が負う傷は人の医者には治せない。理也だって、自分のようになかなか癒やされない傷の痛みに苦しめばいいのだ。

北斗のマンションに戻っても、悶々《もんもん》としながらベッドで丸くなることしかできない秋野とは対照的に、北斗は常と変わらぬ機嫌のよさで秋野のそばにいる。

「触るな、鬱陶しい」

鼻歌交じりにブラッシングされても、秋野には不快なばかりだ。

東吾たちとやり合ったせいで、傷の痛みは、ショッピングモールに出掛ける前よりひどくなっている。

「何苛ついてんだよ」

北斗に笑って訊ねられるのも業腹だ。何もクソもあるか、と吐き捨てたくなる。北斗が自分に対して「期待外れだった」というようなことを責めないのも、秋野には却って落ち着かない。北斗は秋野に対して、前と変わらぬもてなしようだ。

「うるさい。放っておけ」

邪険にブラシを持つ手を撥《は》ね除けてやっても、ちっとも応えず、懲りず、北斗は今度は素手で秋野の毛並みを撫でてくる。

払っても払ってもしつこくされるのでとうとう秋野の方が根負けして、もうしたいようにさせてやった。

ひたすらくるまって、寝たふりを決め込む。

(まず理也を捕らえて、殺そう)

目を閉じ、そう決意した。

相手にどう復讐するかを考える時だけ、秋野の気持ちがほんの少し晴れる。

東吾は若さ故に一族の重鎮から侮られ続けている当主だ。ショッピングモールに理也と三枝しかいなかったのはそのせいだろう。

東吾の少ない味方を、一人ずつ、全員殺してやる。それから東吾本人だ。

東吾を殺してしまえば、残りの竹葉家の奴らなど一捻りで潰せる。厄介なのは三枝か。

あの男も傍流とは言え竹葉の血を継いでいるが、東吾のように狐使いの力は持たない。人なので、勿論狐の力もない。ただ、武術に長けているし、抜け目がない。

（そんな男を、どうやって殺してやろう。東吾がもっとも信頼しているであろう人間を、東吾の目の前で、どんなふうに嬲り殺してやろう）

北斗の手に頭や首の辺りを撫で続けられながら、秋野は東吾たちに復讐する夢を見て眠った。

◇◇◇

翌日、北斗はいつものように仕事に出掛けた。

「いい子で寝てろよ」

出ていく時、馬鹿げた台詞を残していったのが気に喰わないが、応えるのも億劫なので、秋野はベッドで丸まったまま北斗を無視した。

（誰が、いい子だ）

若造にいい子呼ばわりされる筋合いはない。

北斗が家を出てからも少し眠って、昼過ぎに目を覚まし、北斗の用意していった水と食料を少し腹に入れてから、秋野は狐から人の姿に変わった。

一晩寝た程度で大して回復もしていないが、秋野を動かすのは竹葉に対する怒りだ。東吾の姿を見たら、竹葉家に対する恨みが生々しくぶり返し、呑気《のんき》に寝ている気など消え失せた。

クローゼットを漁《あさ》り、北斗の服を勝手に引っ張り出して身につける。北斗とは体格が大して変わりがないので、シャツとパンツはすんなり着られた。無難な、なるべく地味なものを選んでおいた。町に出ると、秋野の美貌は無駄に人目を惹《ひ》く。あまり目立ちたくない。

北斗のマンションを出て、久しぶりに、バスや電車に乗る。無傷で元気な時なら、そんなものを使わず、狐の姿で走ればどんな距離でもあっという間に移動できるのだが。今は仕方ない。

そうして向かった先は、理也の暮らす三枝家がある方角だ。理也は三枝の養子として、人間の子供のふりで生活している。馬鹿げたことに、狐としての自覚を持ち、東吾と契約をすませた今も、人間の学校になどまだ通っているらしい。以前突き止めた三枝家から、理也の匂いを辿って私立高校の前に辿り着き、秋野は呆れる。

竹葉に使役される狐は、本家のある山奥近くに聚落《しゅうらく》を作って生活する。成長してある程度の年齢になれば、狐使いとしての力を持つ竹葉の人間と契約させられる。力が強ければ東吾や、その他の重鎮に仕えるようになるが、ほとんどが使い捨ての道具扱いだ。呼ばれれば狐使いのところへ馳せ参じ、命令されるまま外敵や不浄のものを祓うために戦い、生き死にになど頓着してももらえない。

秋野が殺さなくても、竹葉の狐はこれまでにも大勢死んだ。どうせ狐は何匹も子を産む。代わりはいくらでもいる。

狐使いの狐として生まれ、「竹葉様にお仕えするのが我々狐の役割である」と親に刷り込まれ、そうして生きていく。

人の匂いのする狐は野生にも交じれない。里で寄り添うように暮らすしかない。

人の姿を長く取り続けられるわけではないから、人の世にも交じれない。

どこにも行けない。行き場がない。

俺は運がよかったんだ、と秋野は思う。あるいは、最低最悪に不運だったのか。

秋野の父親は竹葉の人間だった。東吾の祖父に当たる。要するに東吾は秋野の甥《おい》だ。母親は竹葉の狐。狐の産んだ子など竹葉の人間として認められることもなく、『混じりもの』と呼ばれ人間からは蔑まれ、狐からも遠巻きにされた。

母親は強すぎる力を持つ息子を産む時に死に、秋野には生まれてこの方味方など一人もいなかった。

何度逃げ出そうとしても、里の狐に連れ戻され、成体にならないうちに竹葉の当時の当主と――自分の父親と、契約させられた。

何度も犯され強い力を植えつけられ、その力をもって竹葉に仇《あだ》なすことができないよう、屈服させられた。抗う気を失くすようにとひどい折檻《せっかん》をされ、死にかけたことなど一度や二度じゃない。

憎くて憎くて仕方がないのに、秋野の体は父親に命《あるじ》じられる通りにしか動かすことができなかった。

隷属の証につけられた痣を何度消そうとしても、逃げ出そうとしても無駄だった。

父親が老衰でやっと死んだあとは、正妻との間に産まれた跡取り、秋野にとっては腹違いの弟が、新たな主人となった。弟にも絶対服従の契約を結ばされ、何度も犯された。

だがそいつは稀代《きだい》の力の持ち主と言われた前代より弱く、秋野は従うふりで精力を絞り取ってやり、衰弱させて、逃げ出した。秋野が逃げ出したあとに二度目の主人が死に、秋野は晴れて自由の身となった。

もう竹葉の狐使いの命令に従う必要はない。殺したいのに体が動かず、殺せないなどという屈辱を味わわずにすむ。

まだ十五、六歳の子供だった東吾が当主に収まって以来、秋野は繰り返し竹葉の人間や狐たちを襲った。機会を窺《うかが》っては何度も、何度も。

そうして今だ。

忌々しい契約から解き放たれて十年、なかなか東吾を殺せず苛立ちばかりが募っている。
愛情など欠片もなかったが、自分の息子である理也を味方に引き入れることができれば
それが叶うと思ったのに、あの子供はすっかり東吾に心酔している様子だ。
（ぶち壊してやる）
理也が進んで東吾を守ろうとしていることが、秋野には許せなかった。人間にいいよう
に使われて、従うことに疑問を持たないなんて。
利用される自分を疎ましく思えないなど、愚かで、哀れだ。
『俺も「北斗さまをお守りします」とか言われてみたいもんだな』
おまけに、そんな理也を見て北斗が言った台詞が、秋野の中でこびりついたように離れ
ない。
理也が可愛いだの、狐が好きだの、気楽な調子で笑って言う北斗の様子を思い出すだに
むかむかする。
こちらがどれほど竹葉を恨んでいるか、北斗にはわからないのだろうし、わかろうとす
る気もないだろう。
（――まあ、あんな人間のことは、どうだっていい）
とにかく理也だ。ただ殺すだけでは飽き足らない。理也にも絶望を教えてやる。人間に

利用されるというのがどういうことなのか。ずいぶん東吾を慕っているようだが、狐なんて道具としか見ていないに決まっている。思い込みやおめでたい幻想を叩き壊してやる。もしこちらに寝返るようなら、生かしてやってもいい。それで、竹葉を滅ぼす手伝いをさせてやろう。

あれこれと計画を頭で練りながら、秋野は理也が通っているらしい学校の周りをうろついた。グラウンドに子供の姿が見えるし、校舎にも大勢の気配があるから、まだ授業中なのだろう。

「あの、ちょっと、あなた」

フェンス越しに、ジャージを着た子供たちがやかましく玉蹴りに精を出している様子を眺めていたら、気むずかしそうな老齢手前の男に声をかけられた。男はシャツネクタイの上にジャージを着込むという、秋野にとっては震えがくるほど野暮ったい恰好をしている。

「さっきからこの辺りをずっとうろうろしてるみたいだけど、当校に用事が？」

おそらくこの学校の教師だ。最近は不審者にうるさく目を光らせているらしい。

「父兄でも卒業生でもないですよね、見覚えがないし――」

男は口調は一応丁寧にと心懸けているようだったが、あからさまに胡散臭いものを見る目で秋野の白く、男性にしては長い髪を無遠慮に眺めている。

秋野は面倒に思いながらも、相手の目を見返し、微笑んだ。

「こんにちは。——ひどいなあ、俺のこと、お忘れですか先生?」

瞳の奥、頭の中を直接、摑むイメージで。相手の視線ではなく、意識のすべてを捕らえて、力尽くでこちらを向かせる。

男の眼差しが、警戒感をあらわにしたものから、とろりと、酩酊《めいてい》したように蕩《とろ》ける。知性を取りこぼしたかのように、口許がだらしなく緩む。

「……あ……ああ、き、君か……そうか、そうか、申し訳ない……」

やはり泥酔した人間の口調であやふやに言う男に、にっこりと笑い返し、

「いえいえ。どうぞしばらくここで、じっとしていてくださいね。では、失礼」

優雅に一礼してから、秋野はその場を離れた。

(何だ。できるじゃないか)

人の心を、思考を奪い、自分に従わせる。男が我に返った時には、秋野のことは頭から消え失せているだろう。

狐の力。これを、秋野は他のどんな狐よりも巧みに、容易く、息をするのと同じ気軽さで使えるはずだった。

(どうしてあいつには効かないんだ?)

最初に夜のビル街で出会った時からおかしかったのだ。失せろ、と恫喝《どうかつ》しても北斗には通用しなかった。初めて人間の姿を見られた時も、魅了していいように操ろうとしたのに、むしろこちらの言葉や思惑すべてを無視されたような恰好になってしまった。

怪我と消耗で力がうまく使えなかったのかと疑ってもいたが、やはり自分の方ではなく、北斗の方に問題があったらしいと、秋野は確信する。

(竹葉のような力は感じないのに)

おそらく北斗は自我が強すぎるのだ。自分というものを持ちすぎている。だから他人の干渉に心が犯されない。平たく言えば、人の話を聞かない。

何て厄介な人間に関わってしまったのだろう。

秋野は今さら改めて悔やみつつ、どうやら学校の授業時間が終わったらしいことに気付いて、理也の気配を探りながら敷地の裏手の方に回った。

また学校関係者に見られて面倒なことにならないよう、木蔭に身を潜めて佇《たたず》んでいると、大して待つこともなく、理也が現れた。

制服ではなく、ジャージを身につけている。学校名と、陸上競技部、と大きく刺繍《ししゅう》の入った上着を見て、秋野は呆れた。高校に通うのみならず、理也は人間に混じって部活動などに励んでいるらしい。

理也は数人の男子生徒を従えていた。特にリーダーとして他の者を先導しているようではないが、数人いる少年たちは皆、理也の歓心を得ようと熱心に話しかけたり、熱っぽい視線で理也の横顔を盗み見たりしている。

（ふん——まだ、うまくコントロールできないのか）

少し前まで、理也はもっと覇気の薄い、地味で、垢《あか》抜けないただの子供でしかなかった。だが狐としての自覚が芽生え、東吾と契《ちぎ》ったせいで、男女も人も獣も問わず相手を魅了する力が強く表れ、見違えるように美しくなった。だが本人はその力にまだ疎いようで、無尽蔵に色香を振りまき、周囲を惑わせていることを、把握しきれていないらしい。小癪にも秋野に対抗するほどの力、戦うための強さを得たようではあるが、まだまだ未熟だ。付け入る隙はいくらでもある。

秋野はあえて気配を隠さず、木蔭から出ると理也の前に姿を見せた。

理也はすぐに秋野に気付き、周囲の少年たちに、先に行くよう告げた。すぐに彼らが頷き、揃って路地を走り出す。

「秋野さん……」

理也は秋野を見て、相変わらず困ったような、どこか悲しげな表情になった。

その顔が、秋野には癇に障る。

「俺を捕らえに来たんですね」

なぜ秋野が目の前に現れたのか、理也は理解しているようだ。

「そうだよ」

苛立ちを隠して微笑み、秋野は頷く。先刻と同じように、理也の精神にも干渉しようと試みるが、入り込むことはできなかった。強い意志で阻まれる。狐同士では魅了の力が効き辛いのは承知の上で、秋野にはますます不快だ。

理也にも人間の血が混じっているから、ただの狐よりは操りやすいはずなのに。

「……あなたが竹葉家にされてきたことは、東吾さまから聞きました」

悲しげな顔のまま、じっと秋野を見返し、理也が言う。

「辛い、嫌なことをされたと思います。竹葉家の人たちを傷つけたくなる気持ちもわかります。でももう、秋野さんにひどい仕打ちをした人たちはみんな死んでしまったのに」

「まだだ」

理也の訴えを遮り、秋野は鼻先で嗤った。シャツの上から、消えない痣のある左胸を拳《こぶし》で押さえる。

「直接縛った奴らだけじゃない。俺を道具のように扱った、混じりものと蔑んだ竹葉の人間すべてを殺し尽くすまで終わらない」

「それは……俺も同じだったから、わかります……」

理也も竹葉の家で相当にひどい扱いを受けていたのだろう。それを思い出したように、表情が少し歪む。

「なら」

「でも、もう違うんです。竹葉の家は、もう変わった、いえ、変わろうとしてるんです。東吾さまが、そう決めたから」

今度は理也が秋野の言葉を遮るように、一歩足を踏み出して、そう強く訴える。

「東吾さまは他の人たちに命じて、狐を不必要に危険な目に遭わせたり、痛めつけたりすることを禁じました。俺も里の狐たちも、もう辛い思いを味わったりせずに暮らしています」

秋野はまた噛わないわけにはいかなかった。

「馬鹿なことを。——だったらおまえはどうして、身を挺《てい》して東吾を守ろうとしている？東吾が受けるべき傷を、おまえが肩代わりさせられてるんじゃないか」

理也のジャージの袖口からは、白い包帯が覗いていた。秋野が噛みついてやった傷が、その下にあるのだ。あれは本来、真っ先に、東吾の喉頸につけられるべき傷だったのだ。

「違います、東吾さまに命じられてやってるんじゃないです。俺が、東吾さまを守りたいだけです」

揺らがない瞳で言う理也に、秋野はこれまで以上に強烈な苛立ちを覚えた。

「御託を並べるな、煩わしい。くだらない。胸糞が悪い」

吐き捨てるように言って、秋野は自分からも理也の方に足を踏み出した。間近まで迫り、相手が身を退くより先に、包帯のある腕を摑む。理也が痛みに顔を歪めるが、構いはしない。

「そうやって丸め込まれているのが、おまえが東吾たちにいいように扱われてる何よりの証拠だよ。結局縛られ続けてる。どうやっても俺たちは竹葉の血に屈服することを強いられる、あいつらが一人でも生きている限り――」

狐の力で思うように操れないのなら、暴力で従わせるまでだ。秋野が理也の腕の傷にさらに指を食い込ませるように摑んだ時、背筋にびりっと電気が走るような感触があった。

振り返るまでもなく、秋野は反射的にその場から飛び退く。腕を解放された理也も、素早くその場から身を退いていた。

つい一瞬前まで秋野がいた場所に、短い棒状の鉄がいくつか刺さっていた。小苦無《くない》だ。

振り返ると、少し離れた場所に三枝の姿がある。その背後には東吾もいる。

張られていた、と気付いて秋野は猛烈な怒りを湧き上がらせた。理也と話すことに気を取られ、彼らの気配に気付かなかった自分の間抜けさにも腹が立つ。

(理也は、囮《おとり》か)

まずもっとも弱い理也を狙うことを見抜かれていたのだ。だが別に、それならそれでいい。竹葉の屋敷だの、ビルだのに籠もられているより、無防備に外へ出ているところを襲う方がよほど楽だ。

理也はもういい、何より東吾だ。

「理也!」

目標を変え相手に襲いかかろうとした秋野は、その東吾が駆け出し、こちらに目もくれず子狐のそばに向かう様子に、思わず動きを止めた。

「大丈夫か?」

「は、はい」

東吾は理也の肩を抱き寄せるようにしながら、秋野が傷つけた腕に触れている。

東吾が触れたところに、何か強い力が湧いている。

——癒やしているのだ。

そう気付いて、秋野は呆気《あっけ》に取られた。

竹葉の狐使いには、自分と契約した狐に力を分け与え、その力が狐の傷を癒やすこともできる。

だが狐使いは滅多にそんなことをしなかった。放っておいても傷の治りは早く、狐同士で寄り添っていても、力を分け合い癒やし合うことができる。だから狐使いが狐如きに、自分の力を割いてやることもない。それにたとえ死んだところで、代用品なんていくらでもある。

秋野は狐使いの力に傷を癒やされたことなど一度もない。ただの手当てですら受けたこともない。勝手に治るだろうと打ち棄《す》てられ、むしろことあるごとに刃向かおうとする秋野に服従を覚えさせるためだといって、痛めつけられた覚えしかない。

東吾はまるで秋野から庇うように理也を抱き込んでいる。

三枝が、さらにその二人を庇うように、彼らと秋野の間に割って入った。三枝だって、東吾だけではなく、理也をも守ろうとしている気配がある。

(何だ……？)

その事実がうまく呑み込めず、秋野はただ呆然《ぼうぜん》となる。

狐使いが、狐を庇うなんて。

あり得ない。

——許せない。

(俺は、守られたことなど一度もなかった)

モールで会った時も、東吾が理也が泣くから秋野を傷つけないなどと言った時、目の前が灼けるような心地になった。

これまで以上の怒りと憎しみが、猛烈な勢いで秋野の中で燃え上がる。

「殺してやる」

これまで以上にそれを切望する。殺さなければ正気でいられない。まず東吾を。いや、東吾の目の前で理也を殺す方がいいのか。それとも、理也の目の前で東吾を殺して思い知らせてやればいいのか。

おまえは一人だと。

この世に誰も庇護《ひご》する者も愛してくれる者もいないのだと。

「殺してやる——殺してやる、殺してやる」

熱に浮かされたように繰り返し、秋野は理也と、それを抱き締める東吾に向かって地を蹴った。

二人しか視界に入っていなかったが、再び強い気配を感じて咄嗟に脚を止める。また足許に苦無が刺さった。三枝の仕業だ。まずはこいつから排除すべきかと秋野が殺気を籠めて振り返れば、今度はその背後に理也の狐火の気配を感じる。怒りを込めて火に視線を向けると、弾けるようにそれが消えた。

理也がさらに狐火を生み出し、秋野に向け矢継ぎ早にそれを奔らせる。だが、力にためらいを感じた。

(結局甘い)

東吾を守ることを選ぶと言っておきながら、理也には秋野を本気で殺すことなどできないのだ。泣きそうな顔になっている。

それを嘲笑ってやろうとしたのに、そばで理也を見守る東吾の眼差しの優しさに気付いて、秋野は顔を強張らせた。自分の勤めを果たさない狐に、狐使いが罵ることも殴ることもしないだなんて。あり得ない。

心を乱され立ち尽くす秋野の前に、理也を背後に庇うようにしながら東吾が進み出た。あり得ない。狐使いが狐を庇うことなど、あっていいはずがない。

「三枝」

秋野を見据えたまま東吾が呼びかけ、手を伸ばすと、三枝が心得たように、背に掛けていた長細い包みを取り東吾に渡した。

三枝から受け取った刀を鞘から抜き払い、東吾がその切っ先を秋野の方へ向ける。

「殺しはしない」

双眸に憎悪だけをぎらつかせて立ち竦《すく》む秋野に、東吾が告げた。

「だが、もう一度竹葉に従ってもらう」

「ふざけるな」

気力を振り絞り、秋野は東吾を睨みつける。

どうやっても治りきらない体の傷がまた疼いた。

「貴様の命令を聞くとでも思うのか、この俺が」

誰が二度と、竹葉のために命を賭して戦ったりするものか。屈服させられるくらいなら自分で死んだ方がましだ。東吾を殺す力が自分にないのであれば、従わされる前に死んでやる。

そう決意して相手を見据える秋野を、東吾は何の気負いもなく見返した。

この男も変わった。強くなった。秋野はそう気付く。強すぎる先々代の力を知る者からは侮られ、早すぎた先代の死を切っ掛けに当主の座に着いても若さを当て擦られ、子供の頃の東吾は竹葉家の老人たちの中で萎縮していた。

なのに今、秋野と対峙する東吾には、その弱さも揺らぎも一切感じられない。

あるのはただ、背に庇う子狐を守ろうという強い意志ばかりだ。

「また竹葉のために働いてもらうとは言わないさ。生きたまま閉じ込めるだけだ」

力を誇示するようなやり方ではなく、静かな強さを見せながら、東吾が秋野に告げる。

「今度はもっと完璧に閉じ込める。契約はしない。ただ死ぬまで飼い殺しにさせてもらう」

「おまえに、そんなことができると？」

気圧《けお》されまいと必死な心を押し隠し、秋野は憎々しげに嗤ってやる。

東吾は挑発には乗らず、ふと唇に笑みを浮かべながら頷いた。

「俺におまえの魅了は効かない。……誰より俺の心を奪う狐が、すでにいるんだ」

ぬけぬけと言い放つ東吾の背後で、理也が照れたような顔で目許を赤く染めている。三枝はおかしげに笑いを噛み殺していた。

また茶番を、と思いつつも秋野はぞっとした。

命令に従わせることは不可能でも、閉じ込めておくくらいは、今の東吾の力、それに素直に従うようになった竹葉家の狐使いたちの力を以《もっ》てすれば容易いだろう。

今まで秋野が竹葉家を襲い、相手を傷つけることができたのは、相手の結束の脆《もろ》さに付け込んでいたからだ。当主を守ろうとしない狐使いたちなど、秋野の敵ではなかった。

だがきっと今、東吾は自分よりはるかに年上の狐使いたちも、纏《まと》め上げている。東吾自身の様子で秋野はそれを感じ取った。

今の竹葉に、自分はもう敵わないのかもしれないと。

だが。

(耐えられるものか)

たとえ竹葉のためにまた使われることがなくても、自由のない世界など、秋野には想像するだけで耐えられない。

(やはり、東吾を、殺さなければ)

そうしなければいつまでも傷が癒えない。竹葉の人間を、それに関わる者を根絶やしにしなければ、永遠に救われることがない。

まだ陽は高いのに目の前が暗くなる。秋野は絶望に似た気持ちをいつものように憎悪にすり替えながら、東吾に襲いかかった。

「——ごめんなさい」

耳許で理也の悲しげな声が聞こえた。それを把握した時には、鳩尾《みぞおち》に強烈な不快感を喰らわされていた。モールの時と同様、狐火を打ち込まれたのだ。

腹を押さえて秋野はその場に膝をつく。それでも東吾に向けて伸ばそうとした腕を、今度は三枝に取られ、背中の方にねじ上げられた。膝だけではなく、肩と顔も地に押しつけられる。背中の傷に激痛が走った。おそらく三枝によって、足で体を上から押さえられている。屈辱と怒りは体中を駆け巡るのに、秋野はそれに任せて体の拘束を解くことができない。

どこかで心が萎えている。怒りに身を任せきれない。その感情だけが、今まで秋野を生かしてきたというのに。

このままでは東吾の宣言どおり捕らえられ、竹葉家に死ぬまで囚われることになる。

だったらいっそ、そんな辱めを受けるくらいなら、本当に自分で死んでやるか——。

秋野が決意しかけた時、ドカッと重たい音と共に、背中にかかる力が消えた。

「ぐ……ッ」

「三枝！」

三枝の呻きと東吾の驚愕《きょうがく》の声。秋野が顔を上げるより先に、強い力で肩を摑まれた。

「ひどいことしやがるなあ」

妙に呑気に聞こえた声。無駄に強い覇気。

「……北斗……!?」

「あれ、珍しく俺の名前呼んだな」

目を上げた秋野の視界に、面白そうに笑う北斗の顔が映った。秋野を押さえつける三枝をいきなり蹴り飛ばしたのが彼だったらしい。自分も地面に膝をつき、秋野を抱き起こしている。

だがなぜ北斗がここにいるのかわからず秋野は混乱する。それは東吾たちも同様だったようで、戸惑ったような空気が広がった。

「七宮の――なぜ、またあなたが」

「うちの狐に手を出さないでもらおうか」

当惑した様子で訊ねる東吾に、やたら堂々とした調子で北斗が応える。

「うちの？」

東吾がさらに困惑したふうに問い返した。無理もない。七宮家も狐を使うだなんて話は、聞いたことがないだろう。

秋野だって初耳だ。

「誰がうちの狐だ、誰が」

つい秋野も口を挟むと、間近に顔を寄せた北斗の唇がにやっと持ち上がる。

「そうだな、あんたは七宮じゃなくて、俺のもんだ」

「だから、誰がいつおまえのものになったっていうんだ！」

言い返そうとする秋野を無視して、北斗が立ち上がった。痛烈な蹴りを喰らって蹲っていた三枝が立ち直り、再び秋野を捕らえようとしているのに気付き、北斗はまた相手に向けて蹴りを繰り出した。

今度は難なく三枝が身を躱《かわ》す。さっきは北斗からの攻撃があまりに予想外すぎて避けられなかったのだろう。

「お館様――」

三枝も少し困惑しているふうがある。邪魔をする北斗にどう対処するかを訊ねるが、問われた東吾だって困り続けているようだ。

「ほら、ぼうっとしてんなよ！」

北斗ばかりがのびのびと三枝に詰め寄っている。胸ぐらを摑もうとするその手を、三枝がパンと手の甲で反射的に払い除けた。だが自分からは北斗に手を出しあぐね、防戦一方になっている。北斗の方は間を置かずに次々と拳や蹴りを繰り出す。七宮家は竹葉と違って怪異と戦う必要もないのに、どうも北斗が荒事に慣れているふうなのは、きっとろくでもない学生時代でも送っていたに違いないと、傍《はた》で見ていて秋野は察した。かなり手加減しているとはいえ、物心ついた頃から竹葉家で武術の訓練を日常的に行っていた三枝が押されているほどだ。

東吾たちも、三枝と北斗のやり取りに気を取られている。

秋野はこの隙だと、人から狐の姿に転変した。義父と北斗の攻防を不安げに見守っている理也に真横から襲いかかる。理也と東吾が同時に秋野の意図に気付いて振り返ったが、東吾の方が反応が早かった。理也の腕を引き自分の背後に庇いながら、手にした刀を秋野に向ける。

狐使いが狐を守る動きに、秋野はまた度しがたい怒りを覚えた。傷が痛むのも意に介さず、東吾の振り下ろす刀の刃をかいくぐり、利き足に噛みつこうとそこに取り付く。

スラックス越しに脛《すね》の辺りに牙を立てようとした時、ドッと、背中に衝撃がきた。以前とまるで同じ場所、矢で撃たれたところに、また固いものを撃ち込まれた。怒りを込めて振り返ると、北斗とやり合っていたはずの三枝がもう一撃、手にした苦無を秋野に向け放つところだった。咄嗟に避けようとするが、体がぐらつきうまく動かない。

（また、毒を）

狐を弱らせる薬が苦無に塗り込められている。

「秋野！」

避けきれない。秋野は真正面から苦無を喰らうことを覚悟したが、目前で北斗の革靴の底がそれを蹴り落とした。どういう反射神経だと、地面に蹲りながら秋野は呆れ返る。

「二度同じような脅し文句を言うのは、野暮ったいから好みじゃないが……」

ショッピングモールの時と同じように、秋野に背を向けながら、北斗が東吾たちに言う。

「通報されるのと、マスコミに売られるのと、どっちが痛手だ？」

これも以前と同様、北斗の手には携帯電話が握られている。

「竹葉の社長が七宮の御曹司に暴力行為を働いた、なんて、ちょっとネットで呟いたら、さぞかし有象無象がおもしろおかしく拡散してくれるだろうけど」

脅し文句と自ら宣言して朗らかに言う北斗に、東吾は困惑を通り越し呆れ返ったようだった。

「自分から首を突っ込んでおいて……七宮の若様が竹葉の当主に襲いかかった、というふうに広めることが、こちらにもできるということだが」

「知ってるだろ。七宮は今さら醜聞なんて痛くも痒くもない。何度検察の手が入ったと思ってるんだ、談合だの贈賄だのに比べたら、会長の孫がチンピラまがいの立ち回りを演じたくらい、商売の障害にもならん」

さらに胸を張って北斗が言うと、東吾が絶句する。非常識な力で暗躍する家の頭領だが、東吾の頭の造り自体はそれなりにまっとうなのだ。

「うちはスキャンダルにもバッシングにも強いぞ。それに情報を秘してる竹葉より、庶民の好奇心を煽るやり方でネットを操る薄汚い方法には長けてる」

常識的な東吾の思考を攪乱《かくらん》するために、北斗は意図的に悪辣《あくらつ》な言い回しを選んでいると、おそらくこの場にいる中で秋野だけが気付いた。

また返す言葉を失っている東吾に向けて、にっこりと、北斗が悪人の笑顔で笑う。

「あんた自身がそんな刀なんぞ振り回している姿はともかく、その可愛い子狐ちゃんの存在は知られたくないだろう?」

「……」

「そんな怖い顔で睨むなって。俺はただ、うちの美人な方の大狐を放っておいてほしいだけだ」

「だから――放っておけと言いたいのは、こちらの方だ。手を出されない限り、我々は進んで危害を加える気はない。アキにも、もちろんあなたにも、七宮家にも」

言外に、無関係の北斗が首を突っ込むことを非難する調子で東吾が答える。

「こっちはこっちで何とかしてやるから、あんた方は今回も退いてくれ」

自称空気の読めないことに定評がある北斗は、そんな東吾の咎《とが》め立てなど綺麗に無視して、むしろ恩着せがましい口調で言い放った。

北斗の言い種にもっとも憤ったのは、当然ながら秋野だ。

「ふざけるな、貴様……ッ、一度ならず二度までも、無関係の人間がずかずかと入り込んで！」

東吾より理也より三枝より、秋野にとって北斗が今一番の目障りだった。秋野は相手を黙らせようと、蹲っていた体を起こそうとした。

だが再び背中に激痛を感じ、悲鳴を上げる。

「よしよし、あんたは大人しくして、俺と一緒に帰るんだよ」

肉に深々刺さっていた苦無を、北斗が前置きもなく、力任せに引き抜いたのだ。秋野の傷も痛みも考慮することのない荒っぽい動きで。

「き……さま、北……」

がらんと、アスファルトの地面に苦無がぶつかる音を聞きながら、秋野は北斗をまともに罵ることもできず、過ぎる痛みと体の隅々にまで回り出した毒のせいで失神した。

◇◇◇

猛烈な喉の渇きを感じて目を覚ました時、秋野は見慣れた部屋にいた。

北斗のマンションの寝室。ベッドの上。

灯りの落とされた暗い部屋の中で、真っ先に視界に入ったのは、自分の白毛だ。何だかぱさついて見える。

鼻腔《びこう》で感じたのは自分の血の臭いと、そして、北斗の匂い。

秋野は苦痛も顧《かえり》みず頭を擡げ、ベッドから少し離れた場所にいる北斗を睨んだ。北斗は椅子に逆向きに腰掛け、背もたれに腕と頭を載せて、秋野のことを観察していた。

「よう、起きたか」

問答無用で嚙み殺そうと身を起こしたところで、秋野は首に不快な窮屈さと、不快な金属音を聞いた。

首にまた革の輪が塡められ、そこから太い鎖が延びてベッドの柱に繫がれている。

秋野はどうあってもこの男も殺さなければ自分の気が済まないと悟った。

「さすがに、今回は起きた瞬間嚙み殺される予感しかしなくてな」

北斗の方は怯えてもいないし悪怯《わるび》れてもいない。

「まあ避けるつもりだったけど、それよりあんたが暴れて傷が広がったらヤバいだろ。そもそもちっとも傷が塞がらないんだ。あんたが気絶して、もう二日経つのに」

「……」

「口の固い医者に診させたら、何か毒性のあるものが神経に障ってるとか、何とか」

「……放っておけ」

血の臭いに紛れて腐臭もする。自分の肉が爛《ただ》れる臭いだ。それを不快に思いながら、秋野は北斗から目を逸らして丸まった。

ひどく疲れていた。眠る前までは怒りに身を任せていた気がするのだが、今は苛立ちや不快感はあっても、怒りで体を動かすことができない。

自分から怒りを奪えば、何も残りはしないというのに。

「放っておいたら治らないだろ」

いかにも邪険な秋野の態度を北斗は気にしない。

「……それでおまえになにか不都合でもあるのか?」

「あるさ。あんたが死ねば、俺のものがひとつ減る。俺は奪われることが一番ムカつくんだ」

「何度言わせる。俺は二度と、誰のものにもならない」

それだけ言って、秋野はまた眠りに就いた。

浅く眠っては痛みや喉の渇きのせいで目を覚まし、たびたび北斗から水は与えられたが、それ以外の食料はがんとして拒んだ。

首輪と鎖が鬱陶しい。食欲など欠片も湧かない。

まともに手当てもできず、食事も取らない秋野は、当然ながら、少しずつ衰弱していった。

そんな秋野を、仕事に行く様子もなく、北斗がじっと見守っていた。

5

（いい加減、限界だろ、あれは）

自分の寝室、ベッドの上で、日に日に弱っていく白狐に北斗も危機感しか覚えられなかった。

あの狐はいつも怒っていて、その様子は面白いしどこか可愛らしかったのでよかったのだが、どうも二度目にひどい怪我をして以来、その怒りが萎《しぼ》んでいるようなのが北斗の気懸かりだった。

つい先刻も、無理矢理流動食を口の端からチューブで入れてみたのに、全部吐き出されてしまった。体が弱りすぎて液状の食事すら受け入れられないというわけでもなく、ひたすらに、北斗の手を借りて生き存《なが》えることを拒んでいる。

意地を貫ける辺りはまだ安心なのかもしれないが、だからといってこれ以上の飢餓状態が続けば、治る傷も治らないいし、そのうち衰弱死する未来しか見えない。

秋野が寝ている間に、人間の医者にも動物の医者にも診せたが、両方お手上げだった。

せめて栄養剤の点滴をと思っても、毛並みが頑丈なのか皮膚が頑丈なのか、その針が通らない。傷口の膿を吸い出すために入れようとしたメスも入らず、無理矢理通そうとしたら、メスの方が折れてしまった。

秋野がただの狐ではないことくらい最初から承知していたが、それにしたって異常な体の造りだ。

(で、その秋野の体に傷をつけた竹葉の社長とお付きの奴ってのは、一体何なんだ?)

秋野の状態を好転させるためには、その辺りを知るしかないのだろう。

秋野が眠り込んでいる間に、北斗はマンションを出た。運転手は使わず、タクシーで、まっすぐ行き先に向かう。

着いたところは『株式会社竹葉建設新本社ビル』と看板を掲げた建物だ。迷いない足取りで、北斗はずかずかとそのビルの中に入る。真正面に受付があったので、そこで「社長に用がある」と告げると、一瞬にして受付嬢の視線が胡散臭い者を見る目になった。

「恐れ入りますが、アポイントメントは……」

「ない」

まあ常識的に考えて、それなりの企業の代表者に会うのに、約束も取りつけずに直接押しかけるのはどうかしている。新本社ビルとか書いてあるとおり、竹葉は複数の持ちビルがあるし、外出する用だっていくらでもあるだろうし、東吾が今日、この時間ここにいる可能性なんて豆粒より小さいに違いない。

それでも北斗には確信があった。自分の当てずっぽうは百発百中だ。

「とりあえず言伝してみてくれ。先日、おたくの社長に直々に世話になった者だけど、ぜひ礼がしたいんだってさ」

名刺を見せれば取り次がれるだろうが、北斗は一応、ことを大袈裟にしない方を選んだ。狐のことで相談があるなどとも言わない方がいいだろう。それで遠回しな言い方をしてみたら、受付嬢の顔が強張って、はっきりと警戒心を露《あら》わにされてしまった。チンピラが恐喝しにきたようにしか見えないだろうか。

まあ似たようなもんかと、北斗は気にせず、受付嬢がカウンター内の電話を手に取るのを見守る。

「――竹葉が、お会いするそうです」

短いやり取りのあとに、腑に落ちない顔で受付嬢が言うので、北斗は愛想のいい笑顔を残して、彼女の指示どおりエレベーターに乗った。

大会議室と表示された階で下りると、見覚えのある男がエレベーターホールで北斗を待ち構えていた。ショッピングモールの跡地、そして先日どこぞの学校の裏手で遭遇した男は、礼儀正しく北斗に頭を下げ、三枝と名乗った。北斗も慇懃《いんぎん》に名乗りながら名刺を渡すと、三枝は自分は名刺を持っていないことを苦笑気味に詫《わ》びた。

「社長の護衛か何かじゃないのか？」

「そうですが、名刺はありません。——どうぞ、こちらへ」

三枝は北斗を招いて再びエレベーターに乗り込み、鍵を使ってパネルを操作した。エレベーターは最上階へ向かう。

最上階は、オフィスというよりもう少し私的な空間になっていた。飾り立ててはおらず素っ気ない造りだが、玄関があり、応接間のような空間がある。そこに東吾がいた。

「どーも、先日は」

既知の相手に対する気軽な挨拶を北斗の方から試みると、東吾は警戒心を隠そうとはせず、ただ小さく目礼した。

「秘密基地みたいでいいな、ここ」

勧められもしないまま、北斗は目についたソファに勝手に腰を下ろした。せっかく最上階なのに、部屋には窓のひとつもない。

「それで、ご用件は」

「まあ座れよ」

自分の家のような大きな態度でそう勧めたら、東吾が妙な顔になりながらそれに従い、北斗の向かいに腰を下ろした。きっと東吾はくそ真面目なタイプなのだろう。こっちのペースで話をしたかったので、まあ成功か。

「子狐ちゃんは？」

ソファに深く凭れて足を組みながら北斗は訊ねる。敵意はない、というつもりで寛いだ体勢を取ってみせたが、東吾の方はまだ警戒を解く様子はなかった。

「学校です」

「ああ、高校生だっけか……？」

たしか先日会った時、学校のジャージを身につけていた。モールで見た時はもう少し大人びて見えたので、まだ高校生なのかと驚いた。

「あれが、竹葉の狐ってやつなんだろ？　学校に通わせてやってるのか。秋野に聞いてた話と何だか違うな」

秋野から竹葉についてそう詳しく聞いていたわけではないのだが、熟知している口振りで北斗は話す。ほとんどはったりだが、秋野の態度や時折漏れる竹葉に対する恨み言、それから彼と話していた東吾やあの理也という子狐の言葉から、あれこれと見当はつけていた。

「おたくさんとこは、狐を狐としても、人としても扱わないと」

「……たしかに、先代まではそうだった」

東吾は悔やむような表情を滲ませている。北斗のはったりが効いているらしい。秋野がそれなりに詳しい話を北斗にしたと思っているのだろう。

「だが、今は」

「ま、いいや。正直どうでもいい、あんたの家についても、他の狐についても」

ここで東吾の悔恨だの反省の言などを聞く気はさらさらない。

知りたいことはひとつだけだ。

「秋野のことを教えてくれ。傷が治らず飯も喰わず、すっかり消耗して困ってる」

だからそれについては正直に打ち明けた。そもそも狐について東吾の口を割らせるのがはったりの理由だ。竹葉は狐のことを隠しているようだから、誤魔化されては意味が無い。

「水を飲ませるのがやっとだ。怪我の治療もできん。あのままじゃ衰弱してそのうち死んじまう」

北斗を見る東吾の眉が、きつく寄っている。

「それを、私が答えると？　これまでのやり取りであなたにもわかっているんじゃないですか、我々はあの狐を持て余している。力を取り戻せばこちらの害になる存在だ、回復などされては困ります」

「そうかな」

北斗は大仰に首を捻ってみせた。

「それこそ、これまでのやり取りで俺にもわかるけどな。そこでさっきから怖い顔して俺を見張ってる護衛はともかく――」

ちらりと北斗がソファ越しに背後へ視線を遣ると、三枝が曖昧に微笑みを返した。少しでも北斗が妙な真似を見せれば、懐に隠している何らかの武器なり、素手なりで、いつでも取り押さえられるように身構えているようだ。北斗は三枝に笑顔を返して、また東吾に視線を戻す。

「あんたとあの子狐は、秋野を進んで傷つけたくないって、本音で思ってるように見えたぜ、俺には」

「……」

東吾は少し探るように北斗を見遣った。北斗もまっすぐそれを見返す。

少しして、東吾がかすかな溜息をついた。

「竹葉の内々の話を外に――七宮の方に漏らすわけにはいかない」

「まあそう言わず、そこを何とか」

一押ししてみたら、東吾が苦笑を浮かべた。

「どういう経緯があってかわかりませんが、あなたがアキ――秋野を保護してくださっていることは、わかります。我々と敵対することも辞さずに」

「いや、できれば商売敵と無駄に揉めたくはないけどな。まあ俺は七宮の仕事にろくろく関わらせてもらってないから、可能ならそのあたりの利害関係は忘れてくれ。本音を言えばいずれ社を継ぐ者として竹葉は目障りだし、隙あらばぶっ潰したいとはかねがね思ってるけど、今はそれより秋野だ。俺もあんた方の秘密だの弱みを握ってどうこうとは当面考えないし、あんたも俺が七宮の人間だってことは、しばらく忘れててくれ」

「当面――しばらく、ですか」

東吾がさらに苦笑いするが、気分を害したというよりも、あまりに明け透けな北斗の言いように笑わずにはいられないという雰囲気が伝わってきた。

「ああ、当面な。この先も永遠に仲よくやりましょうったって、嘘臭いだろ」

「……秋野は竹葉の犠牲者のようなものだ。私は長らく狐たちに与えてきた自分の家のやり方を正しいとは思っていないし、それに、私情を挟んでしまえば、秋野は理也の血縁だから、あの子に手をかけさせるようなことは避けたい」

「血縁?」

「そこまでは聞いてないんですね。秋野は、あなたの言うところの子狐の父親ですよ」

さすがに北斗は驚いた。似ているとは思っていたが、せいぜい十歳程度の差に見えたので、兄弟だろうかと当たりをつけていたのだが。

「ん……動物の一年は人間の二十年とかいうし、秋野もあんたの子狐も、俺が思ってるより結構歳がいってるもんか……？」

北斗の独り言を聞き止め、東吾がまた妙な顔つきになる。

「何だ？」

「これも、聞いてませんでしたか。秋野は私の祖父がずいぶん若い頃に生ませた子です。祖父の生まれは、昭和以前で」

「……なるほど……」

若造、若造と、秋野が言う理由を北斗はやっと理解した。

「まあいいや、それについては今はあんまり深く考えないでおくわ……」

「とにかく私は、理也に自分の父親を手にかけるような真似はさせたくない。秋野さえ手を出してこなければこちらからは手出しをするつもりがないというのは本音だし、秋野さえ望むのであれば、この先暮らす場所も、そのための何もかもをこちらから与えるつもりがある」

そう言う東吾の声音に嘘はないようだが、どこか歯切れは悪かった。北斗は黙って続きを待つ。

「けれど、秋野はそれを望まないし、許さないでしょう。あの狐の竹葉に対する恨みは深い。多分、私の想像できるよりもはるかに」

「……」

「秋野が竹葉に敵対することをやめず、理也にも手を出そうというのなら、私は理也や一族の者、他の狐を守るために秋野を殺さなければならない」

「……気に喰わねえなあ」

決意を滲ませた顔で言う東吾が、言葉どおりに気に喰わず、北斗は顔を顰めて吐き捨てた。

「口では聞こえのいいこと言っておきながら、結局秋野を他のものと秤にかけて、切り捨てて。自分の家の安寧を求めるってことだろ」

東吾は言い訳をしなかった。北斗の指摘どおりということだろう。

「ま、ならそれはそれで、こっちは心置きなく竹葉をぶっ潰せるからいいんだけど」

叶うなら一時的にしろ竹葉と友好的な繋がりを持ってもいいと思っていたが、東吾の考え方がそれなら、北斗には合わせる理由もない。あくまで今の秋野の状態が好転することだけが北斗の望みなのだ。

それを断たれてまで、竹葉の人間に好意的に接する必要はみつからなかった。

「竹葉の当主としての建前は、の話です」

ならもう話すことはないと立ち上がりかけた北斗は、さらに東吾の言葉が続いたので、ひとまず動きを止めた。

「私が何より大切に想っているのは、理也だ。一番はあの子です。私を含め、竹葉の人間が秋野の復讐心の犠牲になるのは、ある程度自業自得だ。諾々としてやられるわけにもいかないが」

「ふうん？」

「だが理也に危害を加えることだけは見過ごせない。秋野が私への恨みを晴らすために理也を利用するなら、私は竹葉の当主としてではなく、竹葉東吾個人として、秋野を殺します」

「……秋野があんたのじいさんの子だっていうなら、あんたにとっても血縁だろ。あんたが血族殺しをするのはいいのか？　あんたが嫌がるみたいに、あの可愛い子狐も、あんたが手を汚すことを嫌がると思うけど」

「理也の命には替えられない。問題外だ」

東吾ははっきりとそう言い切った。

その言いようが、北斗は妙に気に入った。

「あんたが理也って狐を守りたいように、俺も秋野を守りたいんだ。だから気持ちはわかる、俺もあの狐が生き延びることが今の第一だ」

「……狐には、色香で人を惑わす力がある」

東吾が探るような様子になって、北斗をみつめた。

「あなたはどうしてそこまで、秋野に肩入れするんですか」

「さあ、だったら、その色香ってのにやられてんだろ」

あっさりと答えた北斗に対して、東吾の方がいくらか動揺する感触があった。

「誑《たぶら》かされているとしても、構わないと？」

「あんな美人に誑かされて困る男もいないだろ。というか、あの毛並みだの牙だの肉球だのに籠絡されない奴がいるなら御目に掛かってみたいもんだけど」

「……狐の方か？」

東吾がひとりで呟き首を捻っている。

北斗は笑った。

「どっちもだよ。狐の姿も化け物染みて綺麗だし、人の姿もやっぱり人外めいて美人だ。色気が服着て歩いてるような男が、最初に見た時全裸だったたんだぞ。これで墜《お》ちない方がどうかしてる」

東吾は何とも答えようのない顔をしている。

「あんたの子狐を泣かさないためには、秋野を助けることだろ。智慧を寄越せ。傷を治すにはどうすればいい」

「――方法があったとしても、秋野が他人の手を借りるとは、あまり思えないが……」

「手なずけるさ。どうやってでも」

軽く答えた北斗に、東吾がふと真顔になった。

「そんな甘いことを言っていると、あの狐に痛い目を見せられる。秋野が今までどれだけの竹葉の人間や狐を手にかけたか知らないから笑っていられる。竹葉以外の者だって、秋野は目的のためにならいくらでも利用する。あなたには何の力もないでしょう、金や地位は別として」

「ま、金や地位だって、俺が築き上げたものでなし、あるって言えるほどでもないけどな」

試されている気がして面白くはなかったが、挑発に乗らず、北斗は気軽な調子で答えた。

東吾は北斗の真情を探るような目をしている。

「そういう人間が、秋野を御しきれるとは思えない。私はたしかに秋野に償いをしたいと本気で思ってはいるが、余所の家の者を巻きこんでまでするものではないと思っています」

「だから俺が死なないように、秋野も死なないように、あんたが協力すりゃいいんだ。簡単な話だろ？　――何、心配するなよ、怪我についてはどうしようもないけど、秋野の気持ちの部分は俺が手厚く世話して、治してやるから。大丈夫大丈夫」

明るく言った北斗に、東吾はあからさまに「大丈夫だろうか？」と疑問を表情へと浮かべつつ、何か諦めたように頷いた。

「どうも、私がいくら忠告したところで、あなたは耳を貸さなそうだ」

「そうだな、聞けない忠告は聞かない」

「……竹葉の狐が原因で七宮の方が怪我をしたり、死にでもしたら、私が悔やむ羽目になるので」

大きく溜息をついたあと、東吾は控えていた三枝を呼び、何か耳打ちした。

三枝が部屋を出ていき、しばらくすると、風呂敷包みにした何かを持って帰ってくる。

それを東吾が受け取り、北斗へと手渡した。

受け取ってから包みを解くと、中から硝子瓶に入った透明な液体がでてきた。

「これは？」

「狐の傷を癒やすことのできる薬です。竹葉の狐にだけ効く特別なもので、怪我や病を癒やし……凶暴性を抑えることもできる。とても強いものなので、薄めて水と一緒に少しずつ飲ませてください。秋野は嫌がるでしょうが、飲ませてしまえば当分は大人しい。大人しい間に続けて飲ませてください」

「……ヤクか?」

どう聞いても、東吾が手渡してきたものは、モルヒネだのその辺りの麻薬の効用そっくりだ。

いくら狐相手とはいえ、そんなものを使って大丈夫なのか。副作用なんかがあるんじゃないのか。そう思って警戒心を見せながら北斗が訊ねると、東吾が軽く眉間《みけん》に皺《しわ》を寄せてから、頷くでもなく、首を横に振るでもなく、ただ傾げた。

「猫のマタタビみたいなものです」

「なるほど」

北斗は何となく肩を竦めて、もう一度きっちりと、瓶を風呂敷で包み直す。

「ならこれと引き替えに、秋野があんたたちのところへ、少なくとも殺す気では二度と姿を見せないようにしてやるよ」

「――可能であれば。どうぞ、よろしくお願いします」

東吾はいまいち期待していないようなので、北斗は不満だったが、まあ口で言うより実践するしかない。瓶を手に、東吾と、それに三枝に礼を言ってから、北斗は応接間らしきところを後にした。

エレベーターを使って一階まで下り、ビルを出たところで、北斗の目の前に見覚えのある少年が音もなく現れた。

あまりに唐突に、どこからともなく姿を見せたので、北斗は内心ぎょっとしたが、辛うじてそれを押し隠す。

「よう、子狐ちゃん」

笑って声をかけると、理也がぺこりと頭を下げる。高校の制服姿だった。まだ学生は授業中の時間帯だろうに、学校をサボって東吾に会いに来たのか、あるいはどうやってか北斗がここにいることを知って追ってきたのか。

何となく、後者である気が北斗にはする。理也の通う学校からここまで結構な距離があるはずだし、北斗が東吾と会ってから今に至る時間では、どう急いだって辿り着けるはずがないと知っていても。

「秋野さんを、助けてください」

理也は前置きもなく、縋《すが》るような目で北斗に言った。

一言、それを告げるためだけにここに来たらしい。

「やっぱりおまえ、可愛いなあ」

北斗は手を伸ばし、理也の頭を撫でた。理也の髪が色素が薄いとはいえ秋野の銀白とは程遠かったが、触れた時の感触がよく似ている。

それが気持ちよくてしつこく撫で、ついでにその頭に鼻面を寄せると——秋野を撫でる時や毛にブラシを掛ける時、よくやってしまう仕種だ——理也が次第に困った顔で、赤くなっていった。

「あ、あの」

うろたえる様子が、また可愛らしい。

黙って取り澄ました顔をしていれば、顔の造り自体も秋野と似ていなくもないだろうが、表情や眼差しがまるで違う。

（秋野にも、こんな時があったのか？）

北斗は想像してみるが、いまいちしっくりこなかった。

この子狐は愛されることを知っている。触れられることを怖れない。警戒はしているつもりなのかもしれないが、「秋野を守っているらしい人」というだけで、「きっといい人間に違いない」と信じている。

髪から頬にも掌で触れてみると、肌が赤ん坊のようにもちもちしていた。それで北斗はちょっと笑う。理也は柔らかい。肌だけではなく、心のありようというのか、精神の造りというのか。

秋野はガチガチに鎧で囲っている感じだ。

「……七宮、さん？」

つい考え込んだまま理也を触り続けていると、不安になった様子で呼びかけられた。北斗は我に返る。

「別に取って喰いやしない。おまえのご主人様と違って、ガキには興味ないから、安心しな」

からかうように言ってみたら、少しだけ理也がむっとしたのがわかって、北斗には面白かった。自分が子供扱いされたことではなく、東吾を貶《けな》されたことが不満なようだ。

「そうか、やっぱりおまえ、竹葉の社長とデキてんのか」

「え……っ」

品のない問いを発してみたら、理也が耳まで赤くなった。半分は冗談のつもりだったが、理也の態度で、それが真実だと北斗は気付く。この子供をなあ、と北斗は口には出さずに思った。まあ自分にはさっぱりわからないが、東吾にとってはこれに色気を感じるものなのだろう。ロリコンなのかもしれない。

「言いふらしたりもしない。そんな不安そうな顔するなよ」

北斗はやっと理也の頰から手を離す。東吾と揉めた時に、醜聞たり得る状況を動画に撮ってネットに流す、などと脅したせいで、警戒されてしまったのだろう。

「俺はおまえの親父の方に惚れてんだ。心配だったらマスコミに売っていいぞ、大した話題にはならないだろうけど。七宮建設の会長の孫が、美人の男の尻を追いかけ回してますって」

北斗の軽口は理也にとっては重かったようで、どう反応していいのかわからないという表情で、困られてしまった。

まったく純粋な子供らしい。それとも、常識人らしい東吾の恋人だけのことはあるということか。

北斗は仕方なく、もう一度、今度は小さな子供を宥めるように理也の頭を叩いた。

「秋野のことは任せろ。俺は惚れた相手はとことん大事にする男だ」

「……はい」

ようやく理也が安心したように笑う。

理也に笑い返し、北斗はタクシーを捕まえるために通りの方へ向かった。

◇◇◇

浅い眠りを繰り返していた。

深く眠りに就くことができない。傷の痛みと、そこが膿んで熱を持ったせいで、うつらうつらしては目を覚まし、また眠り、嫌な夢を立て続けにいくつも見た。

夢はすべて現実に起きたことの記憶だ。

里の狐に疎まれて、声をかけても怯えたように無視され、応えてくれても腫れ物を扱うような態度で、悲しかった——寂しかった。

里の狐は『竹葉のお館様』に仕えることを自分たちの幸せだと口々に言っていた。お館様やその他の人間に呼ばれれば、何を置いても駆け出す。呼ばれる回数の多い狐を、他の狐は羨望の眼差しで見ていて、それは秋野も一緒だった。誰かに必要とされている狐が、羨ましくて仕方がなかった。

呼ばれた狐が二度と帰ってこないこともあった。傷だらけの瀕死《ひんし》の状態で、仲間の狐が身を寄せ合ってそれを助けようと必死になる姿も見た。そこに秋野は混ぜてもらえなかったから、なぜ彼らがそんな目に遭っているのかを知らなかった。

自分が他の狐たちとどこか違うことは、最初からわかっていた。他の奴らは薄い焦げ茶色の体毛なのに、秋野は真っ白だ。それに、茶色の子狐より、秋野の方が高く跳べるし速く走れる。大人の狐でも、秋野には敵わなかったかもしれない。あいつらはなんてうすのろなんだろうと、秋野は自分を無視する狐たちを、次第に軽蔑するようになっていた。

なのに自分を差し置いて、他の狐が竹葉の人間に呼ばれることが、口惜しくて仕方がなかった。

だから初めて『竹葉のお館様』に呼ばれた時は、嬉しかった。

他の狐たちから忌まれ続けて、もうすっかり捻くれていたのに、それでも自分も『竹葉のお館様』に必要とされる日が来たのだと思えば、嬉しくて、誇らしくて、お屋敷に向かう足取りも軽くなった。

屋敷で待っていたのは黒髪と切れ長の目を持つ涼しげな印象、まるで東吾にそっくりな若い男だった。

（違う、東吾が、あの男にそっくりなんだ）

お館様はひと目秋野を見るなり、汚いものを見る眼差しになって、舌打ちした。

『なぜ狐のままなんだ』

お館様の周りには、数人の老人もいた。広い畳敷きの部屋で、お館様だけ少し高いところにいて、秋野は土間にちょこんと座っていた。

老人たちが、慌てたように秋野のそばに駆け寄ると、出し抜けに、頭を拳骨で殴られた。

『ええい、人の姿になれ！』

何度も打ち据えられ、理由がわからず、秋野は悲鳴を上げながら土間を逃げ惑った。

その体をひょいっと摘《つま》み上げられ、驚きと恐怖で身動きができなくなった。目の前に、お館様の冷たい眼差しがあった。そのまま土間に体をねじ伏せられ、頭上から、唸るような歌うような、変な声が聞こえてきた。——と思ったら、体中がむずむずするような妙な感覚がして、それが怖くて目を瞑って震えていたら、不意に背中を押さえつける力が離れた。

気付けば秋野は人間の子供の体になっていた。

里の狐もたまに人の姿になっている。秋野は里の狐しか知らないから、狐というのはそういうものだと思っていた。そして自分も、そのうちに人の姿になるのだろうと、薄々わかっていた。

だからさして驚きはしなかったが、小突き回された痛みと、押さえつけられた恐怖と、初めて人の体になった心許なさのせいで、身動きもできずに狐の姿の時と同様、土間にぺたりと座り込むことしかできなかった。

『名をくれてやる』

そう言い放ったお館様の声音も眼差しも冷たく、温もりなんてひとつも感じられなかったが、名前を与えられると知って、秋野はやはり喜んでしまった。母狐は秋野を生む時に死に、それまで誰ともろくろく話をしなかったから、誰も秋野の名を呼ぶ必要がなかった。いてもいなくても同じ存在だと、自分のことを思っていたから、本当に嬉しかった。

――その名が、狐使いが自分を縛るための装置だなどと気付くこともなかった。

名を呼ばれた時、全身に電流の走るような感じがした。そのまま四肢の力が抜け、へたり込み、猛烈な吐き気と眩暈に呻いていたら、再びお館様に体を押さえつけられ、仰向けにひっくり返された。

また変な唸り声のような歌声のようなものがして、怯えながら目を見開くと、お館様がじっと秋野を見下ろしながらその歌声を発しているのがわかった。

声が、その響きが怖くて、怖くて、逃げようとばたつく手脚を老人たちに押さえられ、冷たく自分を見据えるお館様の目が、スッと細められたのを秋野は見た。視線は胸の辺りに留まっている。何だろう、と思って自分も同じところを見れば、左胸の辺りに、ぼんやりと赤いものが浮き上がっている。

それが何なのかわからないうちに、お館様の掌がその赤いものを覆った。

そして秋野は壮絶な悲鳴を上げた。

触れられたところが、全身が、熱くて、熱くて、頭がどうにかなってしまいそうな痛みが爪先から脳天まで貫いた。

悲鳴を上げるほど怖ろしかったのはその痛みのせいではない。

自分の体が、心が、一から作り直されるような手酷い違和感が耐えがたかった。

自分じゃないものが自分を侵食している。

凄まじい勢いで、心がお館様に傾いていくのがわかる。

もう、逃げられない。

誰に説明されたわけでもないのに、秋野はそれを悟った。今自分は、この目の前の男に屈服させられている。誰のものでもなく何の存在でもなかったはずの自分が、たった今、竹葉の狐として作り替えられてしまった。

激痛から解放された時、秋野の左胸には赤く鮮やかな、まるで牡丹の花のような痣が浮き上がっていた。

与えられた名を呼ばれ、別の部屋に引き摺《ず》っていかれ、そのまま自分を屈服させた男に陵辱された。

(殺してやる)

あの時からずっと、秋野はそればかりを願い続けている。

狐使いに身も心も屈服させられて初めて、秋野は自分が自由を望んでいたのだと知った。

里にいたから外の世界を知らず、逃げたいと思いつくこともなかった。知っていれば、もっと早く逃げたのに。外の世界を知らない子狐のままであれば数日で野垂れ死んでいたかもしれないが、それでも、あんなふうに従わされるよりはずっと幸せだった。


体に徴を植えつけられたあとは、一人前の狐と同じだけの働きを要求された。

人間の念の集まる場に連れて行かれ、その念を消し去り、あるいは喰らって、そのあとはまるで食中毒にでもなったように数日苦しむが、手当てもされず、労《ねぎら》いの言葉すらかけられず、里の小屋に襤褸《ぼろ》切れみたいに転がされるだけだった。

竹葉の裏の稼業を邪魔する人間とも戦わされた。相手は狐のことを知る敵であることも多く、武器で体を傷つけられるだけでなく、狐に効く毒や、呪術を使われた。その傷も誰にも癒やしてもらえなかった。

与えられるのはせいぜい、特別な滋養がつくとかいう薬水だけで、それも、すぐに次の戦いに駆り出すために無理矢理飲まされるもの。


「秋野」

名前も呼んでもらえなかった。呼ばれるのは命令される時だけだ。名を呼ばれると胸の痣が熱くなり、苦しみと陶酔が同時に心身を襲って、命令に逆らえなくなる。恨みと憎しみは募るばかりなのに、言われるまま戦って、時には『お館様』のために身を挺して瀕死の重傷を負う。

「秋野、大丈夫か？」

ただの一言も感謝されることなく、労われることもなく、道具のように扱われ――いや、道具の方がまだ、長持ちするように手入れをされる分、上等か。
自分が『お館様』の血を引いていることは、周りの人間や、里の狐たちの言葉で少しずつわかっていった。それを歓迎する者が誰もいないということも。混じりものは不吉だ。力が強すぎる。だから子狐のうちに言うことを聞かせようと、お館様は。いっそ殺してしまえばよかったのに。いや、しかし、利用価値はある。お館様も持て余しているようだから、我々も手伝ってやろう。そうだな、一度犯してしまえば色狂いの狐など、人間様の言うとおりになるだろう。しかし穢れが移りはすまいか。いちもつを喰い千切られるかもしれんぞ。じゃあ充分痛めつけて、弱らせてからひん剝いてやろう。

そういう言葉の欠片は、蔑むような声は、下卑《げび》た笑い声は、聞いた時からずっと秋野の神経に刺さったまま取れることがない。

「ほら、水、飲みな」

——これも夢か。

辛い時に頭を撫でる手なんて、秋野は知らない。身を寄せ合って癒やし合う仲間もいない。人にも狐にも疎まれ続けていた。

(悪い夢の続きだ)

延々と浅い眠りの中で微睡み続けていた秋野は、自分の名を誰かが呼んでいるような気がしたけれど、それが誰の声かもわからずに、その響きの心地よさに微かに酔った。

「零すなよ、勿体ないから」

「……」

冷たい水が口の端から流れ込んでくる。

舌と喉にそれが触れた刹那、あまりに心地よく、あまりに自分が渇いていたことを知り、夢中になって水を飲み下す。

――が、途中で、気付く。

(この味)

ただの水じゃない。

妙な甘味と多少の生臭さのある独特の味。

瀕死の傷を負っても放っておくくせに、次に使う用事がある時だけ、無理に飲まされる薬水。飲めば、痛みが薄れ、同時に怒りや恐怖も薄れてしまう。

秋野は首を振り、口に差し込まれる水差しと、流れてくる水を吐き出した。

「こら、ちゃんと飲め」

叱《しか》るように言われて、秋野はやっと夢から覚めた。

ここは昔長い間過ごした竹葉の屋敷ではない。

北斗のマンションの、寝室だ。

「吐き出すんじゃない、飲め。俺がいない間、水も飲んでなかっただろ。干涸《ひか》らびるぞ」

「離せ……!」

秋野は暴れようとするが、嵌められたままの首輪、そこから延びる鎖を摑まれ、頭を押さえつけられた。

「離せ、殺すぞ……!」

「やれるもんならな。こんな猫の子みたいな力で俺が殺せるか。いいから飲め」

また無理矢理に水差しの飲み口を口に突っ込まれる。いやも応もなく流れ込んでくる水を、秋野は反射的に飲み込んだ。

嫌な味だと思うのに、喉を鳴らして飲み下すことが止められない。

「やめろ、こんなもの……」

それでも秋野は抗った。体の芯から力が抜けそうになるのを必死に堪え、死に物狂いで手脚をばたつかせる。

「暴れるな、傷に障る」

「うるさい、離せ！　離せと言っている！」

滅茶苦茶に暴れ回ると、和らいでいた傷の痛みがまた戻ってくる。その方がよかった。こんな水に頼って痛みや怒りを忘れるより、苦痛が続く方がまだマシだ。

「おい、いい加減にしろ！」

が、手加減のない力で首根っこを摑まれ、ベッドに体を押しつけられ、秋野は身動きが取れなくなった。

悪夢の続きだ。まるで『竹葉のお館様』と同じ所行。許し難く、どうにかして北斗に嚙みつこうと牙を剝いたところで、次には頭ごなしの怒声が降ってきた。

「言うことを聞け、馬鹿狐！　これ以上傷がひどくなったらどうするんだ、これを飲んで大人しくしてりゃ治るんだろ⁉」

「ば、馬鹿だと……⁉」

　未だかつてそんな罵倒を向けられたことのなかった秋野は、面喰らった。

　穢れだの不吉だの、魔性だのはさんざん言われたがあまりにシンプルに馬鹿だなどと、長く生きてきたが言われたことはなかったのだ。

「馬鹿だ馬鹿、自分が苦しいだけだろうが。逃げ出せるほどの力もないくせに暴れ回ったって無駄だ、もっと悪くなるだけでいいことなんてひとつもないんだぞ！」

「……」

　いつも大抵機嫌よく、どこか面白がっているふうな、人を喰ったような、癪に障る態度ばかり取っている北斗が、今は、本気の怒声を上げている。

　そのことにも秋野は驚いた。この男にも、不機嫌という以上に怒ることがあるのかと。

「俺に従いたくないってなら、それでもいい。傷が治って元気になってから、好きなだけ暴れろ。こっちも全力でねじ伏せてやるから」

　そう言いながら、北斗が秋野を押さえつける手を離した。

　そのせいで、秋野は暴れる気持ちが潰《つい》えてしまうのが、我ながら不思議だった。

「いいか、傷が治るまでは、絶対に秋野を無理に従わせるようなことはしない」

「……たった今人を押さえつけておいてそれを言うか」

「今から、約束する。俺は約束は守る。命令じゃないぞ、お願いだ。お願いしてやるから、水を飲め」

命令じゃないと言いつつ、お願いして『やる』だの水を『飲め』だの、それはどう聞いたって命令調でしかなかったが、北斗は大真面目に言ってのけている。北斗としては本気で頼んでいるつもりなのだろう。

「ほら」

北斗は水差しの飲み口を秋野の鼻面に当てたが、力尽くでそれを押し込めようとはしてこない。

秋野は渋々と口を開いた。

たしかに――そう、とにかく、傷を癒やしてからだ。

逃げるのも殺すのも、あとでいくらでもできる。

そう自分に言い聞かせながら、再び水を飲む。

北斗がほっとしたように息を吐いたことに、秋野はどうしてか気付かないふりを貫いた。

「……首輪を外せ。不愉快だ」

水差しが空になるまで水を飲んだあと、秋野は息を吐き出しながらそう告げた。

「逃げるだろ」

「無理に従わせないと言ったのはおまえだろうが」

「じゃあ、逃げるなよ？」

何が『じゃあ』なのかいまいちわからなかったが、秋野がまた渋々頷くと、北斗が首に巻いた不快な首輪を外してくれた。

「あんまりつけっぱなしにしとくと、ハゲるかもしれないしな」

などと言いながら、北斗が今まで首輪の巻かれていた辺りを、強く指で掻いてくる。

その感触がとてつもなく気持ちよくて、堪えようとしても、耳が震え、尻尾も勝手に左右に振れてしまう。

（くそ、この姿だと、隠しようがない）

北斗は秋野の反応を見て、あからさまに嬉しげになっている。

「よしよし、気持ちいいのか」

ことさらに口に出して訊ねてくるのは、絶対に、わざとだ。

秋野は頑なに答えず、空になった水差しを鼻面で押し遣り、自分の体に顔を埋めるように丸くなった。

薬水のおかげで痛みがだいぶ薄れている。傷が治ったわけではなく、感覚が鈍くなっただけだ。おかげで頭もぼうっとしてくる。痛みのせいで固くなっていた体が、緩やかに弛《し》緩《かん》していく。

北斗はぐったりする秋野に寄り添い、傷のない辺りを熱心に撫でていたが、不意にその手が離れた。

物足りない気分を感じて、秋野はちらりと北斗の方を振り返る。

ぼんやりとしていた頭が、瞬間的に覚醒した。

「何を、やってるんだ、おまえは」

北斗は何を思ったか、身にまとっていた服を脱ぎ散らかしていた。

「秋野の毛が気持ちいいからさ。手だけじゃなくて、全身で味わっておこうと」

下着すらも取り去った北斗が、秋野の隣に寝そべる。

やはりこの人間はどこかおかしいのではないかと、秋野はひたすら疑問を覚えた。

「ああ、変なことはしないからな。あんた、怪我してるんだし」

よく言う、と秋野は言おうとしたが、寄り添うように横たわる北斗に緩やかに抱かれ、背を撫でられると、また体が弛緩していって、声にならない。

(前に俺に『変なこと』をした時だって、俺は怪我をしてたじゃないか)

とはいえ北斗は実際今日は何もする気はないようで、ただ秋野にぴったりと肌をつけて、優しい仕種で毛並みを撫でてくるばかりだった。

（……薬のせいだ）

目の前に、北斗の顔がある。北斗は秋野と向かい合うように横になっている。

鼻面や目許を撫でられると、心地よくて、また耳が震える。

されるまま目を閉じてしまうのは、薬のせいで体の自由が利かないだけの話だ。

いつも抱いている怒りや苛立ちが薄れているのも。

（……こんなふうに誰かと向かい合って、抱かれて、ただ眠ることなんて一度もなかった）

人の姿の時に、無理矢理犯されたことも、人間の肉欲を利用するために自ら体を開くこともあったが、狐の姿の時に誰かと寄り添って眠るなんて、秋野には今まで経験がない。

その初めての経験に、秋野は戸惑う。

「やっぱり秋野の毛並みは、綺麗だし、気持ちいいなあ」

北斗はご満悦で、自分も獣にでもなったかのように、鼻面を秋野の顔に擦りつけてくる。

その時ふと、覚えのある匂いが秋野の鼻腔を掠った。

だが薬のせいで嗅覚も鈍くなっていたのか、それが東吾の匂いだと思い至る前に、吸い込まれるような眠りに誘われていく。

「秋野も、気持ちいいだろ。あとでブラシも掛けてやる。先に体を拭く方がいいか。傷が塞がったら、風呂にも入れる。うちの風呂は広いぞ。もし秋野が気に入らなかったら、風呂も好きなように作り替えさせてやる」

北斗がずっと喋り続けている。秋野の返事がないことになどお構いなしだ。

その声を聞きながら、秋野は生まれて初めて、夢も見ることのない深い深い眠りに就いた。

◇◇◇

薬水を飲むごとに秋野の傷は癒えていった。これまでちっとも痛みが引かず、傷口が膿んで腐臭を放つばかりだったのが、劇的といえるほどに。

体はずいぶん楽になったが、ぼんやりしているせいで、動きは緩慢になってしまう。

北斗は前にも増して献身的に、秋野に薬水を飲ませ、傷口を清潔にして、体にブラシを掛け、自作だという肉汁のゼリーまでその手で秋野に食べさせた。

最初に水を飲ませてから三日間、北斗は仕事などそっちのけにしているのか、外に出掛けることもなく、ほとんど寝室に——秋野のそばにいる。

たまに電話だのパソコンだのを使って、外と連絡を取っているようではあったが。

（……この男は）

ぼうっと、自分の隣で太平楽な顔をして寝ている北斗を横目に眺め、秋野は困惑していた。

（本当に、変な人間だ）

なぜこんなふうに自分の世話を焼くのか。

その割に、なぜ東吾たちとやり合った時に自分を止めたうえ、荒っぽく苦無を引き抜いて余計なダメージを与えるようなこともしてくるのか、よくわからない。

「……ん」

秋野が眺め続けていると、北斗が目を覚ました。眠たげに欠伸《あくび》をしつつ、秋野の方に身を寄せてくる。

「何だ、起きてたのか……」

北斗は秋野の視線に気付いて目を覚ましたのかもしれない。半分寝ぼけたままの仕種で、秋野の頭を撫でてくる。もう触れることが癖になっているかのようだ。

「……おまえは何なんだ」

疑問に思っていたことを、秋野はそのまま北斗に訊ねた。

「何って？」

北斗はまた大欠伸をしている。

「俺の味方なのか、敵なのか」

「いや、味方だろ」

北斗の返答は軽すぎて、秋野にはいまいち信憑性《しんぴょう》が感じられない。

「邪魔したじゃないか。二度も。俺が、東吾に復讐するのを」

「そりゃ、あのままやってたんじゃ返り討ちか、さもなきゃ相討ちになってたからだっての」

秋野の首に抱きつきながら北斗が言う。

「放っておけば傷にも構わず暴れ回って、余計ひどくなりそうだから、死ぬ前に止めたんだよ。あんた、竹葉の社長を殺す殺す言う割に、何だか自分の方も死んで構わないみたいなところあるから、嫌なんだ」

「……」

「死なれるよりは、死なない程度に痛めつけて止めた方がマシだろうなと思うし、また同じことやったら同じように止めるからな」

そんなことを、北斗は秋野の毛並みを撫でつつ寝ぼけ声で言う。

何て乱暴な人間なんだ——と呆れつつ、北斗の言葉が本当の本音であると理解できてしまって、秋野はやはり戸惑った。

戸惑いながらも、妙に安らいだ気分になって、自分からも少し北斗の方へと身をすり寄せて目を閉じ、相手の寝息を聞きながらもう一度深く眠った。

6

体の傷はもうほとんど塞がった。

毒も薄れているのだろう、麻痺《まひ》する感じも弛緩する感じもなく、秋野は痛みを感じず好きに寝返りが打てるようになっていた。

「力が弱い。もっとちゃんと擦れ」

首の後ろが痒くて、秋野は横柄に言い放った。はいはい、と北斗が頷いて、ブラシをかける手に力を籠める。首輪なんぞを嵌められていたせいで、その辺りがかぶれかけていたのだから、北斗に責任を取らせなければいけない。元凶に、自分では脚の届かない辺りを丁寧に搔かせるのは当然だ。

「飲み物を持ってこい」

気が済むまで体にブラシをかけさせる間に、すっかり喉が渇いてしまったので、ベッドに寝そべったまま今度はそう命じる。

「違う、水じゃない。昨日の酒だ」

「はいはい」

傷も癒えたので、秋野は酒を楽しめるようになっていた。ワインが好きだと言ったら、北斗があれこれと見繕ってマンションに届けさせ、そのうちの一本を秋野はとても気に入った。

北斗は秋野の偉そうな命令を、面白そうに――嬉しそうに聞き入れ続けている。

喜ばせてやってるのだから、感謝してほしいくらいだと、秋野は思う。

秋野が我儘《わがまま》を言うと北斗は喜ぶ。

放っておいたって、北斗はなぜか秋野が「痒いところを掻いてほしい」「酒が飲みたい」「そろそろ肉が喰えそうだぞ」と思えば、その望みを叶えてくれる。

秋野が何の苦もなくベッドを上り下りして、部屋の中をうろつき回れるようにもなったので、北斗はたまにマンションを出ていくようになった。

いい加減仕事に行かなくてはならないのだろう。気付けば半月くらい、北斗は会社に行かずに電話とメールだけで用事をすませていた。

そして北斗の外出する目的が、仕事だけではないと、秋野は薄々気付いていた。

何しろ、例の薬水は未だに出続けている。

あれは長く保存しておけるものではない。調合してから数日しか効果が持たないのに、北斗は未だに毎日秋野にそれを水差しで与えている。

だからおそらく、いや確実に、北斗は竹葉側に通じて、あの薬水を分けてもらっているのだ。最初に水を飲まされた日、北斗からは東吾の匂いがした。商売敵である東吾のところに、わざわざ、北斗は足を運んだのだ。

(俺を癒やす薬を手に入れるために……？　それとも、竹葉と手を組んで俺を殺そうとでもしているのか？)

そう疑りつつ、後者が百パーセントあり得ないことなんて、秋野にもわかっていた。だったら弱っている秋野を放置すればいいだけだ。

答えはひとつしかない。秋野のために、北斗は、敵である東吾に頭を下げたのだ。

そう気付いていたが、秋野は北斗にそれを指摘もせず糾弾もせず、大人しく、竹葉の薬入りの水を飲んだ。

北斗の方も、東吾や理也については何も言わず、ひたすら秋野の世話をして、ひたすら甘やかし続けている。

本当はもう、一人で外に出ても暮らせるくらいには回復していた。

今までのように、狐の格好で野山を、人の姿で町中をうろつき、盗みや詐欺を働き暮らしていくことも、できるようになっていたのだが。

北斗のマンションで過ごすのがあまりに快適で、出ていこうという気になかなかなれない。

(利用できるものを利用してるだけだ。今までだって、金満家に貢がせて、いいだけ絞り取ってきたじゃないか)

秋野の美貌に目が眩み、どうにかして自分のものにしようとした身の程を知らない人間は、女でも男でも大勢いた。秋野にとっては彼らを利用して生きていくのが当然だった。そういう奴らが提供する場所に潜伏して、機会を窺い、竹葉の奴らを襲い、捕まる前にまた身を隠す。

北斗もそのために利用しているのだ。

そのはずだ。

なのに本当に居心地がよすぎて、あまりにぐっすり眠れてしまうから、かつてされたことを繰り返し夢見ることもなく、竹葉への恨みをときどき忘れそうになる。

実際、忘れている時間ができていることに気付くと、秋野は愕然とした。

以前は四六時中、寝ても覚めても竹葉を根絶やしにすることについて考えていた。それが何より楽しかったからだ。どう殺してやろう。どう痛めつけてやろう。ただ殺すだけでは飽き足らない。できる限りの屈辱を。怖れさせ泣き喚《わめ》かせ、涙や涎《よだれ》や小便を漏らしながら這い蹲って自分に謝らせて、許すふりで期待を持たせておきながら、嬲り殺してやろう。その方法を考え、実行する時が、何よりも満たされていた。

それなしには生きられなかったし、生きる理由もなかった。

なのに今は、竹葉の奴らを痛めつける方法を考えることが、少し億劫だ。

復讐しようと思う時、その理由、自分が東吾の祖父や父や、その周囲の人間どもにされた仕打ちを思い出さなくてはならず、その記憶が怒りよりも怖れに変わっていることにも気付いてしまう。

されたことを思い出すと心が竦む。

体や精神に痛みを得ることに怯えている。

この、自分が。

(何てことだ)

二度と人間の好きにさせるかとか、二度と傷つけられるものかということは、ずっと決意していた。二度と、自分を道具のようになど扱わせない。今もそう思う。

それが怒りのためではなく、安寧のための願いに変わっていることを、秋野は自分で受け入れがたかった。

なのに、そんな嫌な昔のことなど、思い出さずにいられるならその方がいいんじゃないかとか、他ならぬ自分が自分に向けて囁くことがある。

(今さらそんなことが許せるか)

自分の変貌が秋野には許し難い。

(これ以上ここに——北斗のそばにいては、腑抜けてしまう)

それが秋野が秋野でなくなるということだ。

そんな自分を、どうやって受け入れろというのか。

◇◇◇

傷が完全に塞がり、動きにも一切の痛みも支障もなくなって、秋野は北斗から与えられる薬水を拒むようになった。

治癒のために不要になっても、心身共に気持ちよくなるので、それを飲まずにいることがなかなか苦痛ではあったのだが。

代わりに、酩酊の快楽はワインの方に求めた。うまい酒を飲んで酔っ払って寝て、とやる方が、中毒性がなくてすむ。

傷がよくなったし食欲も出てきたので、北斗が無理に薬水を飲ませようとすることもなくなった。北斗はこまめにサンドイッチだのパスタだのスープだのを作り、意外にもその料理の腕前が大したもので、秋野は出されたものを平らげた上に、今度はあれを作れ、これを作れとリクエストするようにまでなってしまった。

食事の最中からワインを飲み、酔っ払って、腹一杯になって、抱き合いながら二人して大鼾《いびき》を掻き眠る夜が続いたりした。

前の晩にも北斗にいいだけ甘やかされ、一本何十万とか何百万とかいう単位のワインをジュースのように空けて瓶を床に転がしてベッドで高鼾を掻いた翌日の払暁、秋野は北斗より先に目を覚ました。

北斗は秋野に身を寄せて気持ちよさそうに寝ている。

「……」

秋野はそっと前肢で相手の体を押し遣って離れると、目を閉じて、自分の中に充分力が溜まっていることを再確認してから、人の姿になった。

しばらく狐のままだったから、ずいぶん久しぶりに自分の肌色の肌を見る。

狐の格好で念入りにブラッシングされ、湯に浸からされたりもしていたので、人の姿になっても肌や髪が妙に艶々している。ベッドから下り、姿見に自分の体を映してみたが、東吾や三枝たちにやられた傷はもう跡形もなく失せている。

残っているのは、胸につけられた痣と爪痕、かつて隷属させられていた証とそれに逆らおうとした証だけだ。

秋野はその痣や傷から目を逸らし、壁のクローゼットに向かった。前に仕立てさせたスーツを探すがなかなかみつからず、まあまた北斗のものでいいかと適当なシャツをいくつか引っ張り出している時、背中に強い視線を感じた。

極力音を立てずに動いていたつもりだったが、北斗が目を覚まし、ベッドの上に手枕で横たわって、秋野のことを眺めていた。

「俺を誘うために人の姿になった……ってわけじゃなさそうだな」

秋野の素っ裸を見ながら訊ねる北斗の方も、一糸まとわぬ姿だ。北斗は元々寝る時は何も身につけないタイプだとかで、狐の毛並みを全身で感じたいからとも言い張り、最近はずっと裸のまま秋野と一緒に寝ていた。

「寝言を言うな」

くだらない、と言外に吐き捨てるような口調で言って、秋野は北斗から目を逸らした。

本当は少し焦っていた。最近、目が覚めると真っ先に北斗が頭だの背中だのを撫でてくるから、その感触を無意識に求めてしまった。

撫でさせてやりたい。撫でてほしい。抱き締めて、よしよしと子供にするような仕種を邪険にするふりで、本当は気持ちいいから本気で嫌がりもせず、されるまま相手に身を任せるような真似をしたいと、どこかで切望している。

そんなぬるま湯の中に進んで浸かるようなことを望むようになった自分が怖ろしくて、秋野は努めて冷淡な態度で、クローゼットを漁り続ける。

もう服なんて何でもいい。最初に引っ張り出したシャツをさっさと羽織ろうとした時、その布地ではなく、温かい人の肌が秋野の背中に張り付いた。

「やめろ！」

ベッドから下り、自分を抱き締めようとしてくる北斗を、秋野は死に物狂いで拒んだ。

「俺に触るな！　もう二度と人間に従うのは御免だ。俺に命令するな！」

声を荒げるのにまったく頓着せず、北斗は秋野の腹に腕を回して、ぎゅっと抱き締めてくる。

「命令じゃなくて懇願」

秋野の肩口に顔を埋めながら、北斗が笑いを含んだ声で囁いた。

「何なら泣き喚いて床にひっくり返って、駄々っ子みたいに暴れてやろうか？」

「くだらないことを……」

呆れた調子で言いながらも、秋野は自分が何を怖れ、何に抗っているのか、北斗はすっかりお見通しらしいことに困惑した。

秋野の頑なな心を読み取った上で、先回りして、拒めないように——拒まなくてすむような言い回しで、立ち去ろうとするのを止めている。

それに気付いて喜ぶ自分が、秋野にはやはり怖ろしく、厭わしい。

おまけに、ショッピングモールの跡地や学校の裏手で、東吾が理也を庇う姿を見てなぜあれほどまでに自分が激昂したのかにまで気付いてしまった。

（羨んでいたのか）

人に庇われる狐を。東吾に大切に扱われる理也が、羨ましくて、妬《ねた》ましくて、腹を立てていたのだと。

本当は自分だってあんなふうに扱われたかったのだと、今、事実北斗に慈《いつく》しまれて、理解した。

北斗は力強く、だが秋野が苦しくないくらいの優しい仕種で、体を抱き締め続けている。

その感触が心地いいという、それだけに心が占められそうになることが、秋野には耐えられない。

人に対する恨みが消えていくのが怖い。竹葉の奴らだけじゃなく、人間すべてが、自分以外の狐だって全部、自分の敵でしかないと思い続けてきたこの百年が、こんなに短い時間を北斗と過ごしただけで帳消しになりそうなことが、怖ろしくて仕方がない。

「……やめてくれ」

強く抗おうとしたつもりなのに、力のない声しか出すことのできない自分にも、秋野は愕然とした。

北斗の腕があまりに心地よすぎるせいだ。

北斗が悪い。何もかも。

「俺は東吾を、竹葉を、全部殺さないと駄目なんだ」

「駄目って、何で？」

「そうしなければ生きている意味がない。恨みを晴らさなければ楽になれない」

「恨み？」

「教えてやるよ、俺が竹葉の奴らに何をされてきたのか」

自分から人に告げるつもりなどなかった屈辱の記憶を、その心情を、秋野は北斗に向けて吐露した。

東吾の祖父に力尽くで契約させられたこと。より強い繋がりを、力を植えつけられるために、何度も犯されたこと。愛情も思い遣りもなく秋野にとっては暴力でしかなかった儀式。それを繰り返すたびにより鮮やかに胸の痣が刻まれていったこと。

男が死んでも竹葉から解放されず、その息子、東吾の父に譲り渡された。そいつ相手にも同じことが繰り返された。ただ、前代よりも弱い狐使いだったから、逆に精を絞り取って殺してやった。新たな契約もなく自分を縛る狐使いが死んでくれたから、自由になった。なったはずなのに、どうやっても、いつまで経っても、胸の痣が消えきらない。

恨みを、怒りを、忘れてはならないと、記憶だけではなく体に刻みつけられたまままでここまできた。

「俺は俺を縛った竹葉を許さない。だから東吾を殺しに行く。竹葉を滅ぼすためだけに生きてきた。邪魔をするならおまえも殺す」

本気でそう思って、秋野は北斗に告げた。邪魔をするなら北斗だって東吾たちと同じだ。自分の自由を阻むものはすべて敵だ。世界中のすべてが敵だ。

「だぁめ。絶対止める」

真剣に、心からの怨嗟を吐き出すつもりで告げたのに、北斗は至極軽い口調でそう答える。

また当惑して、秋野は怒りを持続できない。

「なぜだ。今放せば、おまえのことは無視してやっていいんだぞ。竹葉が消えれば、七宮だって嬉しいだろう」

「そりゃ竹葉建設は目障りだけど、一応人間社会で生きる者として、人が死ぬのを見過ごせない……っていうのは、まあ、建前で」

狐の姿の時にそうするように、片手で秋野の頭を撫でながら、北斗が続ける。

「あんた、恨みなんて晴らしたら、張り合いがなくなって死ぬんじゃないのか」

「……」

「それだけのために生きてきたって、それ以外に生きる目的がないってことだろ。そんなの、寂しいじゃないか」

寂しい、などと言われて、腹も立たない。言い返せない。そんな自分に、秋野はますます怒りを募らせる。

少し前だったら、誰が寂しいものか、勝手なことを言うなと、北斗の腕に牙のひとつも立てる気が起きただろうに。

「竹葉なら俺が合法的に潰してやる。落ちぶれていくところを必ず見せてやるから、直接殺すのはよしとけ」

北斗の口調はあくまで軽く、だがやはり本心からそう思って告げていることが、秋野にもわかる。

だがそれに頷くことはできなかった。

「それじゃ意味がない」

自分の手で恨みを晴らさなければ、結局、どうやったって満たされることはないのだ。

「竹葉を殺し尽くした後なら、自分が死んだって構わないんだ。復讐を諦めること自体が死んでいるのと同じだ。だったら、殺した方が」

「はいはい」

いい加減な調子で言いながら、北斗が秋野をまた両腕で抱き締めてくる。妙に力が入っているなと思ったら、そのまま抱き上げられ、ベッドに連れ戻された。

「おい！」

「あんた軽いなあ、こんな軽い体で、何をどうやって竹葉東吾に復讐するって？」

あっさりと、ベッドに押し倒される。狐の姿でいる時よりも、人の姿の時の方が、たしかにやせ細ってしまっているのが自分でもわかる。

傷を治して、栄養も取るようになったつもりではいたが、長らく消耗しすぎていたせいで、頑強な姿になれない。

「――行かせない」

秋野の肩を押さえ込み、顔を見下ろして、北斗が言う。

「あんたはずっと俺のところにいるんだよ、秋野」

「人間の命令など聞かない」

秋野は頑なに言い張る。北斗に指図される謂《いわ》れなどなかった。世話になった恩など知ったことじゃない。北斗が勝手にしたことだ。

そう並べ立てる秋野に、北斗が妙に真面目な顔になる。

「命令じゃない」

「じゃあ何だ」

「……プロポーズ、か？」

大真面目な顔のまま、北斗がそう言ってのけた。

「……は……？」

あまりに真剣な表情で告げられた言葉を、秋野は咄嗟に理解することもできず、馬鹿みたいにぽかんとした顔になってしまった。

何を言っているんだこいつはと、頭の中で必死に吟味している間に、北斗の顔が下りてきて唇を奪われる。

ひどく大事なものに触れるような、限りなく優しいやり方で接吻けられ、秋野はつい、迂闊にも、その感触の心地よさを味わってしまった。

何の抵抗もなく北斗のキスを受け入れて、しかも何度も啄《ついば》まれる感じにうっとりしかけてから、秋野ははっと我に返る。

口中に差し込まれてくる舌に噛みついてやろうとしたところで、北斗に気付かれ、がちっと虚しく牙が鳴る。

「っと、危ない危ない」

「避けるな、毎度毎度！」

流されかけた自分に、また腹が立つ。北斗の肩を殴りつけて起き上がろうとするが、その拳も相手に受け止められてしまった。

それでも秋野は暴れに暴れ、相手の手を振り払ってまた腕だの背中だのを殴り、脚をばたつかせる。

「暴れるなって。元気になりすぎるのも困りものだな」

北斗は片手で秋野の両方の手首を摑んでから、ベッドのサイドボードを探り、その抽斗《ひきだし》から何か取り出した。

「何を……っ」

しつこく暴れようとしていたところに肩を強く押され、勢いで引っ繰り返る。俯せになったところをさらに上から肩を、今度は膝で押さえつけられ、痛みに顔を歪めている間に、両腕を背中に回され、親指同士を何かでくくられた。

焦って振り返ってみれば、白い結束バンドで拘束されてしまっている。

「おい！」

「手首縛られたりまた首輪されるよりはマシだろ？」

しれっと北斗が訊ねてくる。

「無理には従わせないと言ったその口で……！」

「傷が治るまでは、っていう注釈を入れといただろ」

言われてみれば、たしかに、北斗はそう言っていた。傷が治ってからなら好きなだけ暴れろ、自分も全力でねじ伏せてやるからと。

「道具を使うのは卑怯《ひきょう》だ！」

「いやいや、そんな、立派な牙を持つ狐に言われても」

「今は人の格好をしているだろう！」

「普通の人間より充分でかいって」

また体をひっくり返され、今度は仰向けにされた。口に指を突っ込まれて牙に触れられる。狐の時ほど大きくはないが、人間にしては鋭く尖った犬歯がある。

「いい子にしてたら外してやるよ」

いい子に、などとまた若造に言われて、大人しくできるわけもない。本気で噛みついてやろうと思ったのに、顎を押さえつけられ、口の端に指を突っ込まれて、叶わなかった。

「ずっと我慢しててやったんだから、その努力をあんたは汲《く》むべきだ」

偉そうな口調で言いながら、北斗が身動ぎする。

太股の辺りに、熱を持った固いものを押し当てられた。見て確認しなくてもわかる。素っ裸の北斗は勃起していて、その昂ぶりを秋野に押しつけているのだ。

「可哀想《かわいそう》だろ、こんなになって」

今度は甘えた声で、同情を引くように言う。

知ったことかと吐き捨ててやりたいのに、秋野にそれができないのは、無理矢理口を開かされているせいだけではない。

「やえろ、おひつけるな……」

嫌がるふりをしながらも、秋野には下手に身動きが取れなかった。

動いたら、秋野だって北斗と同じ場所が固くなりかけているのが、相手にばれてしまう。

体を密着させられているのだから、隠そうとしたところで、とっくに北斗にはばれているのだろうが、認めずにいる。

本当はプラスチックの結束バンドの一本や二本、大した苦労もなく、自力で外せた。怪我や体力が回復した今の秋野になら。

でも秋野はそうせずに、せいぜい必死なふりで北斗から顔を逸らし、頑なな姿を見せるだけだ。

「もう傷もすっかりいいみたいだし、そろそろ狐の姿でもいいから犯しちゃおうかなって思ったんだけど」

「……ふん、やればいいだろう。好き勝手に」

強がって意地を張るふりをして、本当は北斗に甘えている自分についても、断固として認めない。

人間なんてどうせ勝手で傲慢で、自分を道具としか見ていないから、好きに扱われるなど今に始まったことではないのだと、誰に何を言われたわけでもないのに、自分の中で言い訳を並べ立てながら。

「でも狐にしちゃでかいけど、人間の時より小さいんだし、ここ、無理に使ったら壊れるかなって心配でな」

するりと、北斗の掌がシーツと秋野の尻の間に入り込む。真顔でそんなことを言いながら、尻の狭間《はざま》に指を這わされ、秋野は何か壮絶な羞恥心を覚えて耳まで赤くなった。

そんな秋野を、北斗がいやに感心した面持ちで見下ろしてくるのが、腹立たしい。

腹立たしいのにまた反抗する気が起きない。暴れるどころか身が竦むような感じがして、秋野はそんな反応が我ながら信じがたかった。

「大丈夫なんだったら、狐のあんたともやってみたいけどな」

「ち……畜生と交わろうとは、変態か」

「自分で畜生とか言うなよ。俺は変態かもしれないけど」

いつの間にか秋野の口から北斗の指が外されている。その代わり、唇の端に今度は唇をつけられた。

「俺はどっちでもいい。どっちの秋野も綺麗だし、好きだ」

「馬鹿じゃないのかおまえは」

邪険に首を振っても、北斗はしつこく秋野の唇の端や頬に何度もキスしてくる。

何だって、唇そのものにはしてこないのか。嚙まれるのを警戒しているのか、生意気にも。

（誰も嚙みやしない――いや、嚙む、絶対、嚙んで口の肉を引きちぎってやる）

「たかだか三十年足らずしか生きてない人間の小僧が、生意気なこと並べやがって。殺されたいのか」

嚙んでやる、と本気で思っているつもりなのに、秋野の口は牙を剝き出しにすることよりもそんな言葉を勝手に並べていく。

恫喝しているつもりなのに、北斗は出会ってから一度もそんな姿を見せたことのないまま、今日もちっとも怯えたり怒ったりもせず、笑いを含んだ顔で、秋野の頭や髪を撫でてきた。

「腹上死ってのも悪くはないな。まあ一回も突っ込まないまま死ぬんじゃ死にきれないから、ちゃんと愛し合ってからの方がいいけど、どうせなら」

「絞り取って、殺してやる。竹葉の奴らと同じように」

ちゃんと愛し合ってから、という言葉に、秋野は全力で聞かないふりをした。

誰が人間なんぞを愛するものか。

大体愛なんてものが何なのかもわからない。北斗がしゃあしゃあとそんな言葉を口にする理由も。

「おまえに狐使いとしての力がなくとも、俺と契れば人とするより消耗するぞ。そういう仕事もさせられてきた。おまえが俺を犯したいと思うのは、俺がそういう生き物だからだ。そうだ、そもそも、竹葉が俺を送り込んできたのかもしれないぞ。いずれ七宮を継ぐおまえを骨抜きにして、精力を奪い尽くして、殺すために」

北斗に髪や肌を撫でられ、顔中に接吻けられるたび、秋野の体が小さく震える。性感を得ていることを、北斗に知られたくなくて、誤魔化すように喋り続ける。

「狐には色香で人を惑わす力があるとか、竹葉の社長が言ってたけど」

そして北斗はそんな秋野の必死の努力など意にも介さず、遠慮のない仕種で秋野の体中に触れ続けている。

「別にそんな力なんか使わなくたって、俺は充分あんたに心を奪われてるけどな」

「……相手に自覚もさせないうちに奪って壊すんだ、狐は」

秋野自身が、それを北斗にやろうとしてもできなかったことも、今やろうなどと思いつきもしなかったことも、わかっている。

無防備に色香を振りまいて人間を魅了している未熟な理也とは違う。人前でそれをやれば余計な面倒ごとに巻きこまれることは経験上よくわかっていたので、隠す術を秋野は身につけているのに。

（物珍しいだけか？　人にもなれる狐が。単に、外見が気に入っただけだろう？）

自分が愛される理由など、秋野にはどうやっても思いつかない。

「おまえは、何か勘違いしてる」

北斗が進んで自分を手に入れたがる理由が、秋野にはひとつも思いつかなかった。だからそう告げる。

何しろ北斗は自分を見せびらかして歩くわけでもない。綺麗な珍しいものが手に入ったと人に自慢もせず、仕事もなげうち秋野の看病をして世話をして、無理矢理犯すことも殴りつけて憂さを晴らすこともない。

狐の力を利用して商売敵である竹葉を潰すことすら止める有様だ。

「勘違いって？」

「おまえに利益などないぞ。俺はただの穢れで、災厄だ。毛色の変わった閨の相手が欲しいんだとしても、俺は何ひとつおまえにいい思いなんてさせてやらないからな。絞り取るだけだ」

「別にサービスしろとは言わないさ、俺はどっちかっていうとベッドでは奉仕する方が好きなタイプだぞ？　自分で言うのも何だがマメだし」

いまいち話が通じていない気がする。そういう話をしているわけじゃない、と言おうとしたが、好きなように動き回っていた北斗の手が胸の近くで止まり、秋野は声を呑み込んだ。

北斗はじっと、秋野の胸の痣を見下ろしている。

「ここ、消えなかったな」

「……古傷だ。消えようがない」

消してしまいたいと、どれだけ秋野が願ったか。自分で痣を見るたび、頭がどうにかしてしまいそうなくらいに。

痣の上を掌で撫でられ、秋野は快楽に嫌悪が混じったような、変な感じを味わわされた。

次に唇で痣に触れられ、歯を立てられた時は、痛くもないのに大袈裟なくらい背中が跳ねてしまった。

「消えるなら、嚙み千切ってやりたい」

そう言ってから、北斗がさらに強く痣に嚙みつく。秋野は手脚の指の先まで震えが走って止められない。

「秋野は俺のものなのに、他の奴の徴がついてるっていうのは、腹が立つ」

「……俺は、誰のものでもないと、何度言わせる」

たかが嚙みつかれただけなのに、息が上がってしまって、声が切れ切れになる。それを指摘されてからかわれたら正気を保てない気がしたが、北斗は別に何も言わなかった。

秋野の性器が、さっきよりももっと固くなって、上を向ききっていることになど、気付いているだろうに。

「人間の所有物になるのは、二度と御免だと」

「体はそうだとしても、気持ちは俺のものになればいい」

北斗が告げる言葉が、秋野には理解できなかった。

眉を顰めて相手を見上げていると、北斗が笑った。

「俺の気持ちは秋野のものになってるぞ、もう」

「……」

北斗の言葉には信憑性がまったく感じられない。

秋野は相手から目を逸らし、顔も背けた。

「よく言う。おまえはきっと、ちょっと見目のいい人間だの、毛並みのいい狐なら、誰でもいいんだろう」

「否定はしないけど、秋野くらいの別嬪《べっぴん》だとか、秋野くらいの立派な白毛の狐なんて、世の中にそうそういないぞ?」

「……いるだろう」

詰《なじ》ってやるつもりで発した声は、妙に力のない、まるで泣き出しそうな響きになって、秋野は自分で混乱する。

「どこに?」

「……東吾の、狐が」

北斗が言ったのだ。秋野と理也が似ていると。あれも同じ毛並みを持つ白狐だ。人になった時ももちろん、狐の時の姿も、きっとそっくりだろう。

しかも今はまだ貧相な子狐だが、東吾に愛されて、きっとどんどん美しくなる。

「おまえが言ったんだ。理也の方が、健気で、可愛いと」

こんな言葉を言いたくない。言ったそばから悔やむのに、秋野には止められない。

「東吾が羨ましいとか。自分も、理也を侍らせたい、とか……」

北斗の視線を感じる。どんな顔で自分を見ているのか、自分がどんな顔をしているのかも、秋野にはわからなかったし、わかりたくもなかった。

まるで観察するような視線を浴びている気がして、秋野が耐えがたくなった頃、北斗が耳許に唇を寄せてくる。

「妬《や》いただろ？」

「——は⁉」

からかうような、甘ったるい声で問われて、秋野は信じがたい気分で目を見開きながら北斗を見返した。

「子狐の話をしたら、秋野がやきもち妬くのが、面白くて」

言葉どおり、北斗の顔には面白がっているとしか言いようのない、人の悪い笑みが浮かんでいる。

「き、貴様……っ」

「そりゃあの子狐ちゃんは可愛いし、あんたと似てるから、並べたら楽しそうだなとも思ったけどな。けど、秋野の方が美人だし、あっちはちょっと清楚すぎるというか、毒っ気がなさすぎて正直つまらん。俺は、あんたみたいに捻くれてて性根が悪そうな狐の方が好みだ」

悪怯れもせずつらつらと言葉を連ねる北斗の方が、よほど性根が悪いとしか、秋野には思えない。

もっと腹黒くて悪辣で暴力的で、醜く利己的で醜悪な人間にも、山ほど出会ってきたが。その中の誰よりも、この七宮北斗という男は、性質《タチ》が悪い気がする。

「何て人間だ……」

「あんただけで手一杯だよ、俺には」

非難の響きしかない声で責めると、北斗が笑った。最初に出会った時に見たような、まるで子供みたいに邪気のない、秋野の方が妙に尻込みしてしまうような表情だった。

怯んでいる隙に、今度こそ、唇にキスされた。

それだけでどうしてか体から力が抜ける。

こういうふうに触れて欲しかったのだと気付いてしまって目の前が暗くなった。

潜り込んできた舌に牙を立ててやることもできないし、北斗はきっとそれを見抜いているから、遠慮なく秋野の口中を探ってくる。

「ん……、……ん……」

せめて自分からは浅ましく舌を動かさずにいよう、という程度が、秋野の精一杯の抵抗だ。それでも北斗はお構いなしに秋野が必死に引っ込めている舌を舌でつついて、吸い上げて、歯列や上顎を舐め取ってと、休みなく口腔を犯してくる。

そうしながら、頬や首や肩や腕や胸を妙に優しい動きで撫でてきて、秋野はベッドの上で震えっぱなしだ。

——指を縛められていてよかった、と思う。

そうでなければ、自分から北斗に抱きついてしまいそうで、怖ろしい。のしかかられているから、背中に回った両手に二人分の体重が掛かって、うまく身動きも取れない。脚をばたつかせるのがせいぜいだ。

北斗はいいだけ秋野の口中を犯したあと、舌で辿るように首筋を伝い、さっき歯を立てた胸の辺りを今度は舐め取った。痣やそれを消そうとしてついた爪痕を、まるで動物が傷を癒やそうとする時のように舌を這わせてから、直接触れられてもいないのに尖り始めている乳首に吸い付いた。

「……ッ」

きつく吸い付かれたあと、歯を立てられ、かと思えば舌でやんわり舐められと、緩急をつけてしつこく刺激される。わざと音も立てられている気がする。ちゅぱちゅぱと、妙に濡れた、耳障りな音が繰り返し聞こえた。

「あ……、ぁ、あ、あぁッ……」

あまりに顕著に反応する自分が秋野には厭《いと》わしい。狐は快楽に弱い、と散々人間に言われた。淫乱なのが狐の本性だと。

実際そのとおりなのだろう。胸を吸われて、腰や尻を撫でられて、気持ちよくて気持ちよくてたまらなかった。

「すっげぇ声……」

乳首に歯を立てたまま、感心したように北斗が呟く言葉ですら、秋野をますます昂ぶらせた。

(変だ)

人と交わることが気持ちいいのは知っている。こと、自分を支配している狐使いと体を繋げる時は、あられもない声を上げ、体中くねらせて、気がふれそうなほどの快楽に我を忘れて浸ってしまう。

けれど北斗は何の力も持ち得ない、ただの人間だ。秋野を契約で縛っているわけでもない。

そういう相手とまぐわったこともこれまでにあるが、そこそこ気持ちよくてそこそこ我を忘れられても、頭がどうにかしてしまいそうな悦楽までを得られることなどなかった。

「ああもう、ぐちゃぐちゃだな」

北斗が笑って、秋野の涙や唾液で汚れた頬に触れてくる。

たかが普通の人間にちょっと触れられただけなのに、秋野はだらしなく開いた口を閉じることもできず、とろんと蕩けたような眼差しで、北斗のことをみつめてしまう。

「いやだ……」

自分でも、まったく説得力のない拒絶の言葉が唇から零れる。

「はいはい」

北斗はまったく真に受けず、濡れた秋野の唇にまた唇を落としてくる。

「いやだ、こんなの」

妙に言葉が辿々しくなる。舌がうまく動かない。竹葉が使う薬水でも一気飲みしたみたいに、体も頭もぼうっとして、熱くて、まともにものが考えられなくなってくる。

「な、なにか、したのか、俺に、貴様……」

「せっかくお互い真っ裸でベッドにいるんだ。もっと可愛く俺の名前を呼びな」

啜《すす》り泣く秋野を見て目を細めながら、北斗が頬を撫でてくる。

その触れ方の優しさに身震いしながら、秋野は無意識に首を横に振った。

「いいけどさ、強情張ってても。そんなとろっとろの顔してたら、全然嫌じゃないってわかるから」

勝手に出てくる涙で霞《かす》んだ視界の中で、北斗は秋野を見返して、愛しくて仕方がないというように笑っている。

「勘、違い、するな……俺は、誰にでも媚《こび》を売って、股を開く、淫売だ……」

そうやって、狐使いから責められ、折檻された。どれだけ痛めつけられても、主人と繋がることはどうしようもなく気持ちよくて、犯されている間はそれを拒めなかった。

「誰が相手でも、同じことだ……何人相手にしてきたと、思ってる……」

竹葉家から逃げ出したあと、生きるために食事や宿や金と引き替えにただの人間とする時は、別に汚い棒を尻や口に突っ込まれることくらい何ともないと、傷つきすらしなかった。

どうせ自分はそもそも『穢れ』の『混じりもの』だ。これ以上穢されようがない。

「なら今後は、俺にだけ媚を売ってくれ。——っていうか、あんたそう言いながら思いっきり脚閉じてる自覚があるか？」

北斗に指摘されて初めて、秋野は自分が必死に両脚を閉じていることに気付いた。北斗は秋野の脚を開かせようとしていて、それを嫌がり、内腿をぴったりとくっつけている。

「こういう反応すると、俺にだけ処女みたいに羞《は》じらう可愛げを特別に見せてくれてるって解釈になるけど、大丈夫か？」

脚を閉じていたところで、すっかり固く膨らんでいるペニスは隠しようがない。腹につくほど上を向いたものを、北斗にやんわり摑まれ、悲鳴を上げそうになる。

「こっちも、びしょ濡れだな」

「だっ、黙ってろ、犯したいならどうとでも好きにすればいい、でも、喋るな！」

北斗の言うとおり、秋野の性器の先からは先走りの体液が止めどなく零れて、泣き濡れたようになっている。少しでも刺激すればもう達してしまいそうだ。別に大した刺激なんて与えられていないはずなのに。

「黙っててもいいけど、余計居たたまれなくなると思うぞ、俺の見立てでは」

「うるさい、うるさいうるさい黙れ、黙ってろ、殺すぞ、死ね！」

「あはははは」

心底楽しそうに笑う北斗の声を聞いて、秋野は本当に相手を殺してやりたくなった。

「涙目で真っ赤な顔で睨んだって怖くねえよ。あんた本当に、何十年も生きてるっていう化け狐なのか？」

「うるさいと言っている！」

「最高に可愛い。動揺しても出てくるんだな、これ」

「は……!?」

頭の横に触れられ、秋野は自分がいつの間にかまた中途半端に狐の耳に戻っていることに気付いて、愕然とした。

「さっきからあんたが涙目で怒って怒鳴るたびに、ぴるぴる動いてるんだよ。どうなってんだろうな本当に、これ」

「や……めろ、息を吹きかけるな、馬鹿！　口にも入れるな、こそばゆい！」

「んー、これを口に入れるなっていうのも難しい相談だよな……っていうか、ついさっき『どうとでも犯していい』ってその口で言ったの、忘れたか?」

ふざけた仕種で唇をつつかれ、カッとなって、秋野は両手を拘束されていることを今度は悔やんだ。これでは相手を殴り飛ばすこともできない。

「別にあんたの許可があろうがなかろうが、俺は俺のやりたいようにあんたを抱くから、色々言わなくて大丈夫だぞ」

「それの、どこが、大丈夫なんだ……！」

「よっ」

北斗は秋野の叫びには答えず膝に手をかけ、閉じようとする秋野の力などものともせず、両脚を開かせた。

　膝を折り曲げられ、上に押し上げられつつ開かれるという酷い格好を取らされたのもさながら、持ち上げられた腰の辺りを隠そうとして尻尾が勝手に出てきたのを見て、秋野はもう最悪の気持ちだった。

「何だ何だ。俺へのサービスか？」

　おまけに北斗は馬鹿げたことを言って笑いながら、秋野の白い尻尾に触れている。嫌がって左右に振れるのを追い掛けて、撫でて、根元から先端までぞろりと撫でて。

「……ッ……」

　おまけに同じタイミングで、ペニスも根元から先端まで、反対の手で撫で上げられ、秋野は声も出ない。強烈すぎる感覚に、知らずに腰がうねる。

「こら、邪魔だ」

　性器や肛門まで丸見えなのが耐えがたく、どうにかして尻尾で隠そうとしても、手で払われる。それでも嫌がって腰をくねらせ、尻尾を動かしていたら、焦れったくなったのか、北斗はさらに秋野の脚を大きく開かせ、ぱくりと性器に食いついてきた。

「あっ、ぁ」

　尻尾で阻もうとしてももう無駄だった。喉の奥まで北斗に呑み込まれ、強く吸い上げられ、爪先から尻尾の先までぴんと伸びてしまう。その隙を縫うように、肛門に指を入れられた。先走りの体液が流れて伝ってそちらの方まで濡れていたから、秋野の体はそう苦もなく北斗の指を受け入れた。

「んっ、う……、……んぁ……」

北斗は手加減なく秋野の茎を吸い上げながら、頭を上下に動かしている。同じ速さで指も動かし、内壁を擦ってくる。

秋野はひとたまりもなかった。まったく堪え性を発揮できず、何度か吸われただけで、北斗の口中に精液を吐き出してしまう。

「んっ」

身構える隙がなかったのか、北斗が少し面喰らったように声を上げても、ざまをみろとも思えなかった。

ずるりと、北斗の唇から抜き出された性器は、しかしまだ萎えきっていない。

北斗は掌を口許に持っていって、秋野の出した精液をそこに吐き出していた。

それから、体をひっくり返された。腕を拘束されたままだから、肩と頭で体を支えるしかない。がくがくする膝をベッドに立てさせられ、北斗の方に尻を突き出す恰好で、尻尾を摑まれる。

「これ、持ってろ」

結束バンドで縛められているのは親指だけだから、自分の尻尾を摑んでいろと言われれば、できないこともないのだが。

「いやだ」

「じゃあいいか」

片意地を張る感じで断ったら、北斗はあっさり引き下がった。

「ぱたぱた揺れてんの見るのも面白いだろうしな」

ぐっと尻を左右に開かれ、窄《すぼ》まりへとまた指を入れられる。北斗の指はさっきよりも濡れていた。掌に吐き出した秋野の精液のせいだ。ぐちぐちと、中を弄られるたびに濡れた音がする。達したばかりなのに中の、いいところを擦られると、秋野はまた声もなく大きく体をびくつかせてしまう。

「腰上げろ、秋野」

へたりとベッドに伏せそうになったところに、ぱちんと尻を叩かれ、その痛みにおかしな快楽を覚えながら、秋野は北斗に従ってしまった。

ひどく叩かれたわけでもないし、触れられただけといった方が正しい力だったのに、そのあと尻を優しく撫でられたせいで、逆らえなかった。

痛みに怯えて仕方なく言いなりになる——という方が、いっそ気持ち的には楽な気しかしない。

指がもう二本入って、速い動きで秋野の中を出入りしている。止めようもなく腰が揺れ、一緒になって尻尾も揺れる。その尻尾をまた根元から撫で上げられると、そこから背筋を伝って脳天にまで痺れるような震えが走り、秋野はまるで誘うように、白い立派な尻尾をぴんと上に立ててしまった。

もう、指だけじゃなく、もっと固くて太いものを、入れてほしい。

腹の奥が疼く。背筋にも震えが走る。産毛が逆立って、早く、と浅ましく全身が訴える。

「北……斗、早く、中……っ」

誘うことに躊躇《ちゆうちよ》など、もうしていられなかった。

体の中に熱がほしくてほしくて、気が変になりそうだ。前への刺激も足りず、ベッドにペニスを擦りつけてしまう。一度達した程度ではまるで足りない。浅ましかろうが、淫乱だと誹《そし》られようが、どうでもいい。

何でもいいから、早く、北斗と繋がってしまいたかった。

「北斗……」

名前を呼んでねだれと言うなら、いくらだってそうしてやる。もうなりふり構っていられない。

「ちゃんと、犯せよ……っ」

懇願してやったつもりなのに、北斗は指を抜き出してからそのあと、なかなか次の行動に移ろうとしない。

「犯すんじゃなくて、愛し合うんだって言ってるだろ」

「じゃあもう、それでいいから！」

泣き声で懇願すると、北斗の笑い声がした。

「『じゃあもう』って何だよ」

笑いつつ、尻に手をかけられ、固いものを押し当てられる。

秋野は自分から尻を掲げ直して、それを迎え入れる格好になる。

「わかってるんだかなあ……」

少しだけぼやくような声がしたが、何がだと問う余裕もないし、その必要も感じられないまま、秋野はひたすら北斗の熱が体にねじ込まれる瞬間を待った。

実際待ち望んでいたそれを与えられると、目の前が白く弾け飛びそうなくらい、気持ちよかった。

「……ッあぁ……！　あ……！」

高い声が漏れる。北斗のものは大きくて、太くて、体の中から外側に向かって圧迫されるような感じがひどくて、息が詰まるほどで、もうどうしようもなく、本当に気持ちよかった。

「……っ、……」

快感と苦痛が混じって思考なんて綺麗に消え去る。秋野は人の格好のままなのに、きゅうきゅうと狐の声で鳴きながら、高く尻尾を立てた。

自分の泣き声に混じって、北斗の熱っぽい吐息が聞こえるのも、そこに自分の名前が混じるのも、秋野の快楽を煽る。

「すっげぇ……あんた、最高……」

中の感触をゆっくり味わいたいのに、止まらない、という感じで、北斗が腰を使っている。それに合わせて、秋野は自分も夢中になって体を揺らす。

体の中を抉られるような感覚が、気持ち悪くて、気持ちいい。

「ひ……ぁ……！」

熱い棒で擦られ、びくびくと背中や腰を震わせると、そこがいいところだとすぐに察知した北斗が、同じように何度も何度も責めてくる。北斗のものは大きくて熱い。腹が灼けそうだ。濡れた声があとからあとから漏れてしまう。

瞳や唇や性器の先や、体中の至るところから、体液が溢れ出て止まらない。

「秋野、秋野、あんたほんと、可愛いな」

後ろから抱き竦められ、頭を撫でられると、どうしようもない悦びが体の奥底から湧き上がる。

「あ……ん、ぁ……あ……ッ、……北斗……っ」

若造が、生意気なと罵倒することもできない秋野の唇からは甘い声が零れ、無意識に北斗の名前を呼んだ。そのたびに秋野の中を突き上げる北斗の動きが激しくなる。

「あぁ……！」

濡れた啼き声を何度も何度も上げて、秋野は北斗と繋がる感触を、相手の体液を中で受けるまで、全身で味わい続けた。

◇◇◇

いつの間にか気を失っていたらしい。

ぼうっと目を覚ました時もベッドの上にはいた。

それは把握できたものの、自分が今人なのか、狐なのか、秋野にはよくわからない。

霞んだ視界を凝らすと、手指は人間のものだが、無意識に触れた頭には狐の耳がある。その耳を、北斗と繋がっている最中、後ろから、体の位置を変えて向かい合って抱き締められながら、しつこくしつこく口や舌や歯で散々嬲られた。いい加減喰われて千切れるんじゃないかと思っていたが、まだくっついているようだ。

親指の結束バンドはとうに外されている。おかげで何度目か、ベッドに背を押しつけられ上にのしかかられて挿入された時、北斗の背中に目一杯抱きついてしまった気がする。

「……」

泣きすぎて腫れぼったい目で見遣れば、北斗は秋野のすぐそばでぐっすりと、心地よさそうに眠っている。

秋野はしばらくそれを眺めた。

北斗は毛布を被りもせず、堂々と、仰向けに裸を晒している。この男には羞恥心というものがないのだろうか、と今さら思ってから、秋野はひとりで小さく笑った。

恥を知らないのは自分こそだと思っていたのだが、今までは。

すうすうと寝息を立てる北斗をまたしばらく眺め続け、やがて秋野はのろのろとベッドから起き上がった。床に脚をつくと、うまく立てずによろめく。何時間北斗と繋がっていたのか。割と最初の方から我を忘れていたので、覚えてもいないが。

　さすがにあちこちが軋む。が、痛みも倦怠感《けんたいかん》も無視して、秋野はクローゼットに向かい、手に触れた服を適当に引っ張り出して、身につけた。

　汗やその他の体液で体中べたついていることなど、どうでもいい。

　乱れきった髪も手櫛《てぐし》でいい加減に整えただけで、よろめきながら、ドアの方へ向かう。

　部屋を出る前、ぎこちなくベッドの方を振り向いた。

　北斗はまだよく眠っている。

　そのことに自分が安堵《あんど》したのか、落胆したのか、疲れ切っていた秋野には判別がつかなかった。

　未練のように思えそうな気持ちを力尽くで振り切り、寝室を出て、マンションの外に向かう。

（怪我も治った。一人でもやってける。今までずっとそうしてきたんだ）

　北斗のところに居座れば何不自由なく暮らせるのはわかりきっている。

　だが、無理だった。どう考えても無理だった。

　あのまま人間なんかに施しを受けながら生きて行くのは、絶対に無理だ。

　いつもなら、散々利用して金も精力も絞り取っていらなくなったら捨てればすむ話だったが。

（無理だ）

とにかくもう北斗のそばには居たくない。

その一心で、秋野は、何が無理なのかも自分ではわからないまま、逃げるようにマンションを離れた。

7

少しでも北斗から離れなくてはいけない。

そう思ってマンションから去り、電車を乗り継ぎ移動して、適当に金持ちそうな男の財布を狐の力で引っかけて巻き上げ、その金で目についたホテルに泊まった。

(もうちょっと、搾り取れたのに)

いつもなら一度はベッドを共にして、寝物語に相手の資産やその在処を聞き出し、自分のところへ持ってこさせたり、奪いに行ったりして、生活費を稼いでいたのだが。

なのに秋野はその気になれず、ただ狐の力で通りすがりの男を魅了して、財布に入っていた数万円だけを奪った。

その分を前払いでホテルに渡し、食事はルームサービスですませ、部屋から一歩も出ないまま数日。このまま当分居座って、あとは逃げてしまえば、警察に通報されようと戸籍も住処も身分もない秋野は捕まりようがない。

今まで何度も繰り返してきた生活で、いつだって楽しくはなかったが、今はそれ以上に憂鬱だ。

(……首がかゆい)

毎日北斗に丁寧なブラッシングをされていて、それに慣れてしまった。ちゃんとシャワーを浴びているし、シャンプーやボディソープで髪も体も洗っているのだから、汚れて痒いなんてことがあるわけがないのに、何か、そわそわする。

竹葉家を逃げ出し生まれて初めて一人のベッドで眠った時は、解放感と安堵感に満たされていたのに——今は、北斗の温もりがないのが、どうにも落ち着かない。

物足りない。

(馬鹿馬鹿しい)

暇潰しに竹葉の奴らでも殺しに行こうか、と頭の上っ面で考えてみても、実行に移す気力がない。

それが自分の何よりの望みのはずなのに。

それを置いて、自分にやりたいことなど何ひとつなかったはずなのに。

五日間、何もせずベッドの上で転がって過ごした。そろそろホテルの奴らも怪しみ始めるだろう。前払いの分は使い切ってしまっただろうし、一度精算をなんて言い出される前に、ここは離れた方が得策だろう。

そう思いつつもやはり動く気がせず、うだうだとベッドで丸まっていたら、唐突にチャイムの音が聞こえて驚いた。

（何だ……？）

ホテルからの用事なら、まず電話が来るだろう。

誰かが呼んだデリヘルが部屋でも間違えたのか……と思いつつ、ドアスコープから外の廊下を覗き見た秋野の、それまでどこかぼうっとしていた頭が瞬時に覚醒した。

ドアの向こうには北斗がいたのだ。

「何でだ……!?」

少しでも北斗と離れようと、都内のマンションから数県離れた土地に来た。賑やかでも寂れてもいない町のシティホテルで、目立つようなことは何ひとつしていないというのに。

「おーい、開けろー」

秋野は息を殺し、ドアスコープからも離れていたのに、北斗はそこに秋野がいることを確信している調子で声を上げている。

「いるんだろ、秋野。開けろよ、開けないと……」

ドアを蹴破るとでもいうのか。だったらその前に窓から逃げてやる。

「普通に開けるぞ、鍵」

「は……!?」

北斗から逃れるために身を翻しかけていた秋野は、がちゃりと、本当に普通にドアロックが解除されたのに驚き、動きを止めてしまった。

「ほら、いた」

目を瞠っている秋野を見て、北斗はにっこりと、嬉しそうに笑っている。

「な、なぜ……」

「そりゃ、七宮はホテル事業にも手を出してるからな。連泊してる異常な美形、多分部屋に閉じ籠もってルームサービスくらいしか頼んでなくて、前金でそこそこの金額を払ってる若い男……ってのを片っ端から当たって、めぼしいところの防犯カメラを見せてもらって、あんたが映ってたから」

北斗はすらすらと説明しながら、勝手に部屋に入り込んでくる。

秋野は北斗が近づくごとに後退り、その膝の裏にソファが当たって、無様にバランスを崩してしまった。そのままソファに座り込む。そんな秋野の目の前に、北斗が近づいてきた。

「帰るぞ？」

手を差し出され、秋野は北斗から顔を背けた。

「帰らない」

「帰るぞ」

「帰らないって言ってるだろ！　そもそも帰るも何も、あそこは俺の家でも何でもない！」

張り上げた自分の声が、まるで駄々っ子のような響きに聞こえて、秋野は頭がクラクラした。これじゃ聞き分けのない幼子みたいだ。

「帰らずにどうするんだ？」

「おまえには関係ない」

「おまえ、なんて今さらつれない。こないだの晩は、北斗北斗って、可愛い声で何度も俺の名前を呼んでくれたのに――」

北斗が最後まで言い切る前に秋野は脚を振り上げ相手の鳩尾に踵《かかと》を見舞ってやろうと思ったが、毎度の如く、あっさりそれを避けられてしまった。

少し秋野から離れたところで、北斗が小さく首を傾げた。

「――瘦《や》せたな、秋野。ちゃんと飯喰ってるか？」

「関係ないと言っている」

食事なんてろくに喉を通らなかった。出掛けもしないのに料理のひとつも頼まなければホテル側に怪しまれると思って、適当にルームサービスを頼んではいたが、ほとんど手つかずのままだ。

料理はあまりに不味かった。食欲があったって食べたくない。酒も、その辺のコンビニにでも売ってそうなものばかりで。

（北斗の作った料理の方が、よっぽど）

そう思ってしまってから、秋野ははっとして、舌先に浮かんだ北斗の料理の味を消そうと躍起になる。

「いいから、帰れ。出ていけ。世話になった礼くらいは言ってやる、だがもういいだろう。おまえと俺は何の関わりもない。最初から、何ひとつ」

「愛してる」

「――――」

がなり立てるように言っていた秋野は、さらりと、だがいつものような軽さのない北斗の言葉を聞いて、不意を突かれた。

思わず言葉を失くし、相手をまじまじ見上げる秋野の前で、北斗はスッと身を屈《かが》めた。

床に片膝をつき、秋野の手を取って、その甲に唇をつけている。

「な、何をっ」

「だから、プロポーズ。狐の求愛ってのがわからないから、人間式だけど」

真顔で言い放つ北斗に、秋野は恐怖を覚えた。

北斗のマンションで、北斗と一緒にベッドでぬくぬくと過ごしてしまった自分に対して覚えたものと、同じ恐怖だった。

一瞬にして流されて、頷きそうになったのが、怖ろしくて仕方がない。

「帰れ――帰れ、帰れ！　もう一秒でも貴様の顔を見ていたくない、帰れ！」

声を限りに怒鳴りつけ、手に着いたクッションを北斗の顔目がけて叩きつける。北斗はまたあっさりとクッションを受け止め、叫び声がうるさかったのか、隣の部屋の客がドンドンと壁を叩き出した。

「……ま、力尽くで連れ帰るって手もあるけど」

北斗が、丁寧に秋野の膝にクッションを置くと、顔を強張らせている秋野を見て笑った。

「あんたが何度も逃げ出すんじゃ、意味ねえか。首輪と鎖つける気はもうないしな」

「つければいい。俺を自分のものにしたいんだろう、道具にしてしまいたいなら、そうやって――」

「あんたが嫌がるだろ。もう、しないよ」

そう言うと、北斗は自然と秋野の方に顔を寄せ、軽く触れるだけのキスをして、すぐに離れた。

一連の動作を秋野はつい身動ぎもせず受け止めてしまい、呆然とする。

「待ってる。いつでも帰ってこい。それまでこれ、また好きなように使っていいぞ」

北斗がテーブルに置いたのは、マンションでも秋野が好き勝手使っていたクレジットカードだった。

「いらない、こんなもの」

「じゃあその辺の奴にでもあげてくれ。じゃあな、帰る前は電話しろよ、一応仕事行ってるかもしれないから」

ぽんぽんと、今度は秋野の頭を軽く叩いた上、脳天にもキスしてから、北斗が秋野に背を向ける。

「……あ……」

北斗は大股に、ドアへ向かっていく。

その背中に咄嗟に手を伸ばしかけてから、秋野は我に返って、慌ててそれを引っ込めた。

北斗は秋野のあえかな呟きが聞こえただろうに、振り返りもせず、部屋を出ていく。

――追い払ったのは自分なのに、ドアの閉まる音を聞くとどうしてか北斗に見捨てられた気分になって、秋野はそんな自分が忌々しく、クッションをドアに向けて投げつけてから、ベッドに潜り込み頭から毛布を被った。

眠ってしまおうと思ったのに、それから当分、眠気の欠片も訪れやしなかった。

◇◇◇

二度と北斗に会いたくない。顔も見たくない。

また来たらどうしよう、と思ったが、次の日も、その次の日も、北斗は秋野の泊まるホテルに姿を見せなかった。

代わりに、メニュー表には乗っていない豪華な食事だの、ワインだの、何を思ったか花束だのが次々部屋に運ばれてきて、居心地悪いことこの上ない。北斗の差し金に決まっている。

(こんなことするくらいなら、直接また会いにくれば)

まるでそれを望んでいるかのようなことを考えてしまい、別に会いたくはないと自分に言い聞かせるのに、秋野もいい加減疲れてきた。

会いたくない。会ったら駄目になるから、本当に、二度と会いたくない。

そう本気で願うのと同じくらいの強さで、北斗に会いたいという衝動が起きる。

その衝動に、北斗が来て三日目でもう耐えかねた。どうなってるんだ俺は、と混乱した頭を抱えながら、ふらふらと久しぶりにホテルから外に出て、電車を乗り継ぎ、北斗の住むマンション付近にまでやってきてしまった。

昼日中、電話をしろと北斗は言っていたが、秋野は携帯電話なんて持っていないし、そもそも北斗の番号を知らない。あいつも抜けているなと笑うことはできなかった。番号を知っていたらとっくにかけていそうな自分を薄々察していたから、胸を撫で下ろすばかりだ。

マンションのそばに近づくこともなく、ただその付近を、秋野は気配を殺しうろうろと歩き回る。

(何やってるんだ……)

ホテルを出た時からずっと自問しているが答えは出ない。だがもう、閉じ籠もっているのが限界だった。

(そうだ、料理とか酒とか、花束なんか、止めろと言ってやる)

電話がないんだから直接言うしかない。だから会うしかない――でも、会いたくない。大体、今北斗がマンションにいるかもわからない。いや、勝手に部屋に入り込めばいいんだが、でも。

乱雑になっている頭の中身を持て余しながら、とにかくマンションの前を秋野が行ったり来たりしているうちに、マンションの前に車が停まった。タクシーだ。

タクシーから下りてきたのは、若くて、美人だが、けばけばしい化粧をした派手な女だった。

目を凝らしていると、女はマンションのエントランスに入り、壁に据え付けられたインターホンの呼び出しボタンを押している。部屋番号は、ワンフロアしかない最上階のもの。

――北斗の部屋。

エントランスのガラス戸が自動的に開く。中からロックが解除されたのだ。女がそのままエレベーターホールに向かう。

北斗が、この派手な女を迎え入れることを了承したのだ。

それを遠目に確かめた途端、秋野は我を忘れた。

音もなく、風のような速さでエントランスに入り込み、エレベーターを通り過ぎてその横に据えられた非常階段を駆け上る。北斗の部屋は十二階にあったが、一気に駆け上ると、エレベーターはまだ到着していなかった。

何て愚図な女だと、別に彼女がエレベーターを動かしているわけではないのに、秋野は身勝手に相手を頭の中で罵倒する。

離れた場所にいても、あの女の化粧の匂いがわかった。どれだけ厚化粧だ。吐き気がする。あのけばけばしさは、仕事の秘書にも見えない。夜の方の仕事に従事している類の女に違いない。それを真っ昼間から部屋に呼び付けて、北斗は、何をしようというのか。

（何って、決まってるじゃないか）

腹の底から煮えたぎる怒りを味わっているうちに、エレベーターがようやく最上階に到着した。

（俺に、帰って来いだの待ってるだのとぬかしながら……！）

秋野が廊下で待ち構えていると、女がエレベーターホールに出て、上機嫌な浮かれた足取りで歩いてくる。

女は秋野の存在にまったく気付かない。本当に何てのろまな女なのか。――秋野が本気で気配を隠せば、どんな聡い人間であろうと、狐使いの素養でもない限り気付けるはずもないのだが、そんなのは、知ったことじゃない。

「そこの部屋の男に、用事か？」

「――キャァッ⁉」

突然目の前に現れた白髪の男に、女が目を剝いて小さな悲鳴を上げた。

「や、やだ、いつの間に……⁉」

「この昼間から、何をしに来た？」

女はうろたえているだけで、秋野の質問に答えようとしない。やっぱり愚図だし馬鹿だ。こんな頭の悪い、化粧が濃いだけで大した美人でもない女を、自分の代わりにしようというのか。あの男は。

腹の底が煮えすぎて吐き気すら覚えながら、秋野はその女をじっと見下ろした。

少しは落ち着いたらしい女が、やっと、目の前にいる長身の男の持つ異様なほどの美貌に気付いた。

「……え……やだ……」

ぱっと、その頬が染まる。本当に馬鹿だ、人間は馬鹿ばっかりだと頭の中でひたすら芸もない罵倒を繰り返しつつ、秋野は女の瞳を覗き込み、微笑んだ。

女の頬が赤く染まり、目許が甘く蕩ける。うっとりと秋野をみつめている。

大した労力もいらなかった。女はあっという間に秋野に魅了され、ふらふらと、誘蛾灯《ゆうがとう》に引き寄せられる虫のように秋野の方へと近づこうとしている。

「――誰が、おまえなんかを相手にするか、身の程を知れ。来た道を戻って、帰れ」

微笑んだまま、秋野は近づく女の耳許で囁いた。女は熱に浮かされたような仕種で頷くと、秋野に触れもせず、そのまま踵を返した。まだこの階に残っていたエレベーターに乗り込み、ドアの硝子越しに食い入るような目で秋野を見つめたまま、去っていく。

「……ふん」

追い払ってやった。満足げに鼻を鳴らしてから、ふと、秋野は背中から視線を向けられていることに気付いて、身を強張らせた。

ぎこちなく振り返ると、廊下に北斗がいた。

ドアに寄りかかるようにして、腕を組んで、面白そうな顔で秋野を見ている。

(――いつから……っ)

自分こそ馬鹿な愚図だ。北斗が一体いつからそこにいたのか、まるで気付いていなかった。

(見られた……？)

自分があの女を追い払うところを、北斗に見られたのか。

そう危惧してから、今さら気付く。

(違う。最初から、わざとだ)

あの悠然とした態度。笑いを噛み殺すような顔。

北斗は絶対、間違いなく、そもそも秋野がマンションの近くをうろついていることを知った上で、わざとあの女を部屋に呼び付けたのだ。

それを見た秋野がどんな態度を取るかも、承知のうえで。

「おっと、待て待て。さすがにここからってのは、いくらあんたでも無理じゃないのか」

秋野はエレベーターも、階段すらも使うことがもどかしく、廊下の手摺りを乗り越えて飛び降りようとした。それに気付いた北斗が素早く近づいてきて、手摺りに手をかけた秋野を後ろから押さえ込んでくる。

「放せ！　落ちて死ぬならそれでいい！」

「あんたがそこまで取り乱す姿が見られるのはこれはこれで面白いけど、死なれちゃ困るから止まってくれ」

とても本気で止めようとしているとは思えない言い回しだ。より自分を怒らせようとしているに違いないと確信して、秋野は北斗の腕を振り払おうとした。

が、北斗の力が強すぎて、振り払えない。怪我も完治した化け狐の自分が人間の腕に力で敵わないなんてことがあるもんかと思うのに、どうしても、振り払えない。

結局そのまま抱き上げられ、部屋の中に連れ込まれてしまった。

「思った以上に効果があって満足したし、焦らすのも可哀想だからちゃんと教えてやるけど」

居間まで運ばれ、秋野はソファの上に転がされた。

「さっきのは玄人の女で、別に恋人でも何でもない。初対面――というか、顔を合わせる前にあんたが追い払ったから、直接口を利いたこともない」

北斗は秋野の前に立って、見下ろしながら言う。

「……だから、何だ」

そんな説明をされたところで、秋野の怒りは収まらない。不貞腐《ふてくさ》れた顔でそっぽを向いてしまう。

「とはいえ俺は金も地位もあるし、頭もいいし見た目もいいし、恋人だの嫁だの愛人だのになりたい女は掃いて棄てるほどいる。その場限りでセックスする相手にも事欠かない」

「だから、何だ！　何なんだ！」

どう聞いても、自分を怒らせようとしているようにしか思えない言葉を並べ立てる北斗に、秋野は素直に腹を立てた。ソファを殴りつけながら身を起こし、相手を睨みつける。

色々と取り繕いたいような気もするが、この状況で、「そうかよかったな、でも俺には関係ない」などと冷静に言い放つことに万が一成功したとして、あまりに白々しいことくらいは、怒り狂っている秋野にもわかる。

「けどあんたが望むなら、俺はそういう女、男でも、人間でも動物でも、全部切り捨てて秋野だけに絞ってやっていい」

「……」

ひどく重要なことを言われている気もするが、北斗の物言いは、やはりいちいち秋野の神経を逆撫でする。

秋野は乱暴に身動ぐと、北斗の腕から逃れた。今度はいやにあっさりと、北斗が秋野を解放する。

「そんなこと俺は頼んでないし、頼む気もない」

「だから頼んだらどうだ、って言ってるんだ。そうしたら、俺に近づく奴らをあんなふうに追い払う必要もなくなるぞ？」

「おまえはさっきから俺を怒らせたいのか、嬲りたいのか、それとも——」

「あんたが覚悟を決められたら、俺はこの先一生あんたの面倒を見るし、何でも望みを叶えてやる」

苛立ちに任せて振り返った秋野を、北斗は至極冷静な表情で見ていた。

冷静なのに冷淡ではなく、冗談を言う調子でもなく、どう見ても北斗が本気なようにしか見えなくて、秋野は動揺した。

これまでも、何でも望みを叶えてやると、繰り返し言われては来たが。

「一生……なんて……」

「一生だよ。俺が死ぬか、あんたが死ぬまで。なるべく長生きするつもりだけど、狐ってのは、寿命がどれくらいなんだ？」

「……」

プロポーズなどと馬鹿げたことをぬかしたのは、まさか、本気だったのか。

人間がそうするように、求婚したと。この自分に。

（人間が……狐の、俺に……？）

にわかには信じられず、秋野はひたすら眉根を寄せて、北斗を見遣る。

北斗は相変わらず冷静な、でも冷たくはない優しい目で、秋野を見返している。

「とにかく復讐とかやめて、俺のそばにいろ。何なら秘書として雇ってやるから、一緒に竹葉をぶっ潰そう。大丈夫だ、七宮は商売上で法律スレスレか軽く踏み越えた汚い手を使うから、クリーン過ぎて不満ってこともないぞ、きっと」

それの何が大丈夫なのか秋野にはさっぱりわからなかったが、とにかく北斗が本気で自分を口説こうとしているのだけは、疑いようもなく信じられてしまった。

もう少し疑わせてほしい。自分はもっと捻くれていて、猜疑心《さいぎ》だらけで、人間も、狐すら一度たりとも信用せずに生きてきたというのに。

どうしてこの男は、本心で喋っていることを、力尽くでわからせるような態度しか取ってくれないのだろう。

「……狐の力を利用したいんだったら、おまえには竹葉のような力はないから無理だぞ。何度でも言う、俺はもう絶対誰にも従わない」

それでも往生際悪く、秋野は北斗を疑うようなことを口にする。

試されても、北斗は気を悪くする様子を欠片も見せない。

「従うなら俺がだろ」

「――何？」

「俺はあんたの狐の姿も綺麗だと思うし、存在自体が面白くて気に入ってるけど。けど俺は竹葉の奴らと違って、狐の力なんかに頼らなくても、俺自身の力でやっていける。できるだけ手許に置いておきたいから秘書って言ったけど、働くのが面倒なら、今までみたいに好きなだけ俺の部屋でごろごろしてろ」

「俺は、人間に施しを受けるなんてお断りだ」

秋野は頑なに突っぱねる。

北斗は動じない。

「施しってのは恵まれてる奴がそうじゃないヤツに与えることだろ。だったら違うな、理也とかいうあんたの息子はあんたを助けてくれって言ってたけど、あんただって、別に人の助けなんていらないだろうし」

理也は北斗にそんなことを言ったのか。生意気な、と気を悪くする秋野を見て、北斗が笑った。

秋野は戸惑うばかりだった。

「俺の力が目当てじゃないなら……おまえはどうして、一生面倒見るなんて、馬鹿みたいなことを言う？」

「最初に決めたことだから、どうしてとか聞かれてもな。単に、一目惚れだ。惚れた相手と添い遂げたいと思うのは、当然だろ？」

「俺もいつかは容色が衰える。元々の姿は狐だ。この見てくれは、おまえたち馬鹿な人間を利用するために作ったようなものだ。力が衰えれば見た目の美しさだってなくなる。狐の毛並みも悪くなる。死にかけの動物の惨めさは、人間の末期と同じだぞ。いや、それ以上に」

「その頃には俺だってしわくちゃのじいさんになってるんじゃないのか？　あんた、年寄りは無理か」

大真面目な顔で北斗が訊ねてくる。はぐらかすわけでもなく、本気で質問しているらしい。

秋野は少し困った。

「……今そういう話はしてないような気がするんだが……」

「いや、そういう話だろ。見た目は一緒に衰えるからいいとして、俺があと気に入ってるのはあんたのそのひねくれぶりとか我儘ぶりとか嫉妬深いところだけど」

「待て、誰が嫉妬深いと」

心外だ。嫉妬したことなんて、ただの一度も――さっきの女に会うまでは一度も、以前に北斗が「理也が欲しい」などと言った時に苛立ったのを数に入れる必要なんてないだろうから、絶対に、断じて、そんな感情を持ったことがあるはずない。

「ほら、その頑なさとか。そういうところが俺にとってはすごくグッとくるんだけど、それはいつか治るのか？　俺の愛情に絆《ほだ》されて素直で可愛い秋野になるのか？　まあそれはそれで、俺としちゃ全然ありだけど」

「なるもんか。誰が」

「じゃあ俺はやっぱり一生あんたに惚れたままだな。問題あるか？」

北斗に丸め込まれている気がして、秋野はもう迂闊に相槌《あいづち》も打てない。

言葉を連ねて相手の自尊心をくすぐったり痛いところを突いて、思い通りに操る行為は、自分こそが得意としていたつもりだったのに。

それすら北斗に通用しない。

「もう一回言うけど、あんたが俺に従うんじゃなくて、俺があんたに従うんだ。俺は尽くすタイプだって言っただろ。相手の我儘はとことんまで聞く男だからそうするだけだ。綺麗で大事なものにはいくらだって屈服するし、賛美する」

屈服するなどと口にしながら、北斗の態度は堂々としすぎている。

秋野は相手を睨み上げた。

「おまえが自ら服従を申し出るのは、結局、恵まれているからだろう。他人に跪《ひざまず》いたところで、自尊心が傷つかないから平気でそんなことを言えるんだ」

詰るように言う秋野を、北斗が見下ろし、軽く首を傾げる。

「で、あんた、たとえば俺が竹葉の社長に跪いてるところ、想像がつくか？」

問われて、秋野は黙してしまった。

――たしかに想像がつかない。

だろ、と秋野の内心を読んだふうに、北斗が笑う。

「従うのはあんたにだけだ。親父やじいさんに、たとえ全財産譲るって言われたところで、俺は自分が気に喰わなければ従わない。王様だろうが神さまだろうが、死んでも従わない」

たしかに北斗はそういう気性だ。そう長くない間だったが、一緒にいて秋野にもわかる。誰かの命令に従うくらいなら、たとえ自分の命が消えるとしたって、笑いながら逆らう男だ。

（……俺だって、そんなふうに、なれたら）

逆らう道すら奪われていた秋野は、自分がこの男に強い羨望を抱いているのだと、初めて気付いた。

羨みながら、でもそれと同じくらい、口惜しい。

「……じゃあ実際、跪いてみろ。俺には何をされてもいいなんて言うつもりなら、そこに膝をついて、俺の足でも舐めてみろ。できるものならな」

秋野はそれを、服従の証として、人の姿でも狐の姿でも、狐使いに何度もやらされた。そのたびに相手を殺したくなった。

口だけならいくらでも言える。金があればどこまでも施せる。強い立場にいる人間の言うことなんて、絶対に信用しない。してやりたくない。

それができるくらいなら、秋野は最初から北斗のところを逃げ出さずにいられたのだ。

だからわざと投げ遣りに言って、ソファに凭れ、北斗から顔を逸らす。

「なるほど」

さすがに北斗だって怒り出すだろう。何しろ王様にも従わないと豪語する男で、秋野もそれを認めている。

そう思っていたのに、小さな呟きが聞こえたと同時に、立ちっぱなしだった北斗がスッと身を屈めた。

秋野がぎょっとして相手を見遣ると、北斗は何の躊躇もなく床に膝をつき、這うようにして、秋野の足の甲に唇をつけている。

「いやでも、この靴、俺のだよな」

北斗に抱えて部屋に連れてこられたから、秋野は革靴を履いたままだ。マンションを出る時、玄関にあったものを勝手に履いたので、本人の言うとおり北斗の靴だ。

「直接するってもんか？」

そう言って、北斗はさっさと秋野の両足から靴を脱がせ、剥き出しになった両足を片手ずつに取って、順番に甲に唇をつけている。

「お、おまえ、自尊心とか――」

「あんたが手に入るなら、たとえ人前でだって、泣き喚いて床にひっくり返って暴れたっていい」

北斗は甲だけではなく、踝《くるぶし》や踵にまで唇をつけた上、指にもそうしたかと思ったら、今度は舌で舐め始めた。

「……ッ」

ぬるりと生温かい感触を指の股に感じて、秋野は体を強張らせ、震えた。

そんな自分の反応にまたぎょっとする。

そして北斗が、それを見逃さないわけがなかった。

「そうかそうか、ここ、いいのか」

「違う、待て、ま……っ」

跪いて服従を示すという話だったはずではなかったのか。

北斗は引っ込めようとする秋野の足を押さえつけ、ねっとりと、淫猥《いんわい》な仕種で指を舐め、口に含んだりし始めた。

「――ん、綺麗にしてるな。ちゃんとメシ喰ってるか、風呂入ってるか、ずっと心配してたんだぞ」

あまつさえ、そんなことを言う。

「そんな心配、必要、な……っ……ぁ、やめろ、馬鹿……っ」

くすぐったいのか気持ちいいのか気持ち悪いのかわからない。北斗は指だけでなく、秋野の足の裏にも舌を這わせている。

逃げようとして腰を浮かしたところを、力一杯足を引かれ、秋野はソファの上に倒れてしまった。

「そうだな、この間はあんたの中が気持ちよすぎて、突っ込む方にばっかり夢中になっちまったから。今日はちゃんと、隅々まであんたのいいところを探さないとな」

「いい、やめろ、触るな」

精一杯、秋野は北斗の体を押し返そうとする。

すると北斗が動きを止めたので、怪訝になって、秋野は相手を見上げてしまった。

秋野の顔を覗き込んでいる北斗と、真っ向から視線がかち合う。

「――秋野はさ、いろんなヤツに股開いたとか言って人をムカつかせといて、そういう処女っぽい反応するのは、手管ってことなのか？」

問われたことの何から答えを返せばいいのかわからなかったが、秋野はとりあえず、相手をまじまじと見返した。

（ムカついた、って）

この間、とてもそんなふうには見えなかった。秋野が何を言っても悠然としていて、その泰然自若な態度が、むしろ秋野を苦しめたというのに。

「おまえも、まさか、嫉妬したっていうのか」

「いや、するだろ。するに決まってる。してないように見えたんならびっくりするぞ、さすがに」

北斗が床から膝と腰を浮かせ、ソファの上、秋野にのしかかってくる。

「じゃなければ、あんたの体の傷、嚙み千切りたいとか思わない」

今はシャツに隠された胸の痣を、北斗が布越しに触れる。たしかにそう言っていたし、実際噛まれた。その時のことを思い出し、今も触れられる感触に、秋野はぞくぞくと小刻みに背筋を震わせる。

「何だ。結局おまえも、俺を自分の所有物にしようと」

「そりゃ、ここに監禁して二度と外に出て他の奴に色目使わないようにくらいはしたいと思ってる」

少しでも優位に立ちたくて、言葉で嬲ってやろうとしたのに、北斗は特に躊躇《ためら》うこともなく頷いている。

「でもあんたが外に出たいっていうなら、従うけどな」

「俺が、他の人間と寝ると言ってもか？」

そう訊ねてしまってから、秋野は自分が北斗に縛られたがっていることに気付いて、ぞっとした。

縛ってほしいのに、北斗の方はそう熱心でもなく、他の奴に体を開くことを許すなら、それに傷つくらしい自分がいることにも。

「あんたそんなことしない……っていうか、できないよ」

「は？」

「だってあんたも俺に惚れてるんだし。他のヤツとやったのは、生きてくための手段だろ？　俺があんたが望むものは何でも叶えるって言ってるのに、嫌々好きでもない奴とセックスすることもないだろう」

「おっ、俺は単に淫乱だから、人間と寝るのが好きで」

「あはははっはは」

北斗が、頭がどうにかしたんじゃないかと秋野が不安になるくらい、大声で笑い出した。

笑ったあと、目を見開く秋野を見て、一瞬だけ困った表情になったように見えた。

それをきちんと確かめる前に頭を抱きかかえられてしまったので、本当に北斗がそんな顔をしたのか、だとしたらそれはなぜなのか、秋野にはわからない。

「……そんなわけないだろ。あんな顔であんな声で自分に触るなって言うヤツが、好き者のわけない。あんたはずっと嫌だったんだよ。竹葉の奴に従わされるのも、体売るみたいな真似して生きていくのも」

反射的に秋野が暴れて逃げ出そうとするのを、北斗が力尽くで押さえ込む。

「認めたくない気持ちもわかる。いや、想像しかできないけどさ。……でもまあもう、忘れな。二度としなくていいんだから、そんなこと。あんたはこの先いいだけ俺に甘えて、好きなだけ我儘言って、俺に甘やかされてりゃいいんだ」

往生際悪く、秋野は北斗の言葉を聞くまいとその腕の中でもがいたが、結局押さえつけられ、逃げられない。

「……それじゃ、俺は、生きていけない」

上から北斗に全体重でのしかかられるのも、服越しに体温を感じるのも、苦しいのに気持ちがいい。

その気持ちよさを自分の中でどう受け止めればいいのか、秋野にはわからない。

「こんなぬるま湯は嫌だ……」

「すぐ慣れる。だってあんたもう、俺のこと手放せないだろ？　ちゃんと、戻ってきたし。だから外に行きたいって言ってもまた俺は送り出すよ、戻ってくるってわかってるから。自信がある。自信っていうか、信用か？」

「……あんなけばけばしい女で罠を張っておいて、何が信用だ……」

「使える手段は何でも使うのは当然だろ。別に俺が清廉潔白だなんて、あんたも思ってないだろうに」

偽悪的な言葉を口にしつつ、北斗が秋野の髪を撫で始め、その感触は丁寧だし優しい。

ここを出ていくと、この心地よさは二度と手に入らないのかと、秋野は気付きたくないのに気付いてしまう。

こんなふうに自分に触れた人間は、北斗が初めてだ。

「ほら、してほしいことがあれば何でも言いな。何でも、従ってやるから」

「……従う立場の奴が、従ってやるとか、偉そうに」

「従わせていただきますので、おっしゃってくださいい？」

丁寧に言われたら言われたで、白々しすぎる。

秋野が北斗の背中を拳で殴りつけると、悲鳴や抗議ではなく、笑い声が返ってきた。

「……もっと、撫でろ。頭を」

そのまま北斗の背中に両手を回して、消え入りそうな声で秋野は告げる。

従わせてやる、という気持ちで折り合いをつけようとしたが、死ぬほど恥ずかしかったし、自分の中で支えにしていた大事なものを失う焦りや怯えも湧き出てくる。

それでも、何の躊躇もなく頭を撫でてくれる北斗に、その感触の心地よさに、いろいろなことがどうでもよくなってきた。

「頭だけでいいのか？」

北斗は両手と、鼻面や唇も使って、北斗の頭や耳や首筋を撫でてくる。唇が、肩甲骨の辺りまで下りてきた。

いいのか、と訊ねつつ、すでに頭ではないところに触れているから、七宮北斗という男について秋野は呆れる。

「やっぱり、秋野ってより、シロって感じなんだよなあ」

髪をひと束すくい取ってそれに唇をつけながら、北斗が呟く。

「あんたの見た目も性格も、秋って雰囲気じゃないだろ。あんたに名付けたヤツは、センスがないいな」

「秋野と字を当てたのは俺だ、悪かったな」

いつか名前について北斗に問われた時、秋野はそれに答えたくなかった。

名は狐を縛るもの。迂闊に人になど知られるわけにはいかなかった。

「いや、響きはいいんだけどな。イメージの問題で」

「白でいいんだ」

「ん？」

「本当の名は、白と書く。白と書いて、アキと読む」

秋野にその名を与えたのは、竹葉の先々代の当主だ。次の当主も、秋野の本当の名を教えられ、秋野を縛った。音の響きと文字が揃うと、狐の心身を捕らえる強い力になる。

（どうせ北斗に教えたところで、何の効力もない）

狐使いが名付けをすれば、それは大きな意味を持つが、北斗に知られたところで害もない。

言うなと言えば、きっと北斗は誰にも言わずにいてくれるだろう。

「白って字、アキって読むかあ？」

北斗の方は、それが腑に落ちないというように首を捻っている。

秋野は軽く鼻を鳴らした。

「俺が知るか、勝手に名付けられたものだ」

「でも、あんたに合ってはいるよな。——アキ」

耳許で、低い声で名前を呼ばれると、全身に痺れるような甘い震えが走って、秋野は少し焦った。

北斗に自分を縛る力などないはずなのに。

「アキ。他にもっと、何してほしい？」

こめかみの辺りの髪を掻き上げられ、その地肌に唇をつけられ、低い声で囁かれるたび、秋野は身震いが止まらない。

口に出してせがんだりしていないのに、同じように何度も耳許の髪を掻き上げられる。

くすぐったさと心地よさで身が竦む。

その感触を、秋野は目を閉じて味わった。

「……なるほど、こうやって出てくるのか……」

快楽に身を委ねていたら、感心するような声が聞こえて、はっとなる。

気付いた時には北斗が掻き上げているのは、髪の毛ではなく、狐の耳だ。

「気持ちいいと出るんだな、やっぱり」

「き……貴様、単に、これが見たくて……⁉」

「やっぱりそのうち、全身狐の時にもためしてみるべきだと思うんだよな」

非難がましい秋野の声音などいつもどおり意に介さず、北斗が真面目に呟いている。

腹が立って相手の体を押し遣ろうとしたら、笑いながら、また押さえ込まれてしまった。

「あんた、俺より全然年上ってのが信じられないくらい、可愛いよな」

「貴様くらいだ、この俺を、か、可愛いとか吐かす阿呆は……っ、離せ、俺の言うことに従うんだろ、離せ！」

「離すな、って言われてるようなもんだから、アキの本心に従ってんだよ、俺は」

いけしゃあしゃあと言いながら、北斗が秋野を上から押さえつけ、唇に唇を押しつけてくる。

「んん」

キスしてほしいなどと一言も言っていないのに、触れられれば、秋野は自分が心のどこ

かでそうしてほしがっていたことに気付かされる。腹立たしい。

「――もっと？」

挙句、北斗は何度か触れただけで唇を離し、間近で秋野の顔を覗き込みながら、笑いを含んだ眼差しや口調で訊ねてくるのだから、性質《タチ》が悪い。

このまま離れられてしまうのでは物足りない秋野のことを、すっかりお見通しだ。

「……もっと、させてやってもいいぞ」

せいぜい偉そうに、嫌味っぽく言い放ってやったつもりなのに、北斗が微かに目を細めて、嬉しそうな、「可愛いなアキは」と言わんばかりの顔で笑うものだから、秋野は腰砕けになってしまった。

（ああくそ、もう、どうだっていい……）

秋野が快楽に弱いのは、結局、事実なのだ。

誰にでも喜んで足を開いているわけではないし、今は北斗以外の人間にそうされることを考えるだけで吐き気が込み上げそうだったが。

とにかく北斗に触れられるところが、どこもかしこも気持ちいい。

おまけに、自分から抱き返す感触が信じがたく心地よかった。

やけくそ気味に北斗を抱き締めたら、耳許で今度は「愛してる」と囁かれた上に名前を呼ばれて、狐の耳にキスされて、ワイン一本を一気に飲み干しでもしたかのように、かあっと体が熱くなる。

目も眩む。本当に、酔っ払ったみたいだ。

北斗は秋野の顔や頭や体のあちこちにキスしながら、当然のように服を脱がせてきた。秋野もそれを拒まず、されるに任せる。自分から動くことはできなかった。ただ酩酊したような気分で耳まで赤くして、ぐったりと、妙に丁寧な北斗の仕種を味わうばかりだ。

「『おまえも』──ってさ」

秋野のシャツを脱がせ、首筋や胸元に唇を落としながら、北斗が言う。

「……？」

北斗が何を言ったのかわからず、秋野は自分に触れる相手の様子をみつめながら首を傾げる。

北斗は優しい触れ方で、秋野の胸の痣に何度も何度も唇を這わせていた。

「『おまえも、まさか、嫉妬したっていうのか』って。……秋野『も』、嫉妬したってことだよな」

「……」

語るに落ちていたらしい。あの場で指摘されていたらきっと逆上して話にならなかっただろうから、北斗はすでに気付いていて、黙っていたようだ。

「ここ、毎日ずっと俺が痕つけ続けたら、消えるんじゃないか？」

そう言いながら、北斗がきつく秋野の胸の辺りを吸い上げてくる。鬱血のあとをつけようとしているらしく、痛いほど吸って、噛みついてと、繰り返した。

「……んっ……ふ……」

痛いはずなのに、その感触が気持ちいい。こんなことくらいで消える痕ではないことを秋野は知っていた。きっと東吾を、竹葉に連なる人間すべてを根絶やしにしなければ、解ける呪縛ではないと。

「そんなもので、足りるか……っ」

わかっていても、秋野はそうねだるようなことを口にした。北斗がちらりと秋野を見上げて笑い、もっと強く、痣の上を吸い上げる。

そうされるたびに秋野の体が震えて、それを堪えるように、北斗の背中に手を回す。

肌の上だけではなく、北斗は乳首にも舌を這わせ、歯で噛んだり、唇で吸ったりと繰り返した。そこに痣はない、などと野暮なことを秋野は言わなかった。ただ甘い声と吐息を漏らして、北斗の動きを受け止めるだけだ。

そのまま、北斗は前よりも丁寧に秋野を抱いた。

体中、もう触れていないところはないのではというくらい隅々まで触れて、接吻けて、舐めて、甘噛みして、秋野がもう半ギレでいかせろと懇願しても無視してあちこち触れ続け、とうとう子供みたいに声を上げて泣き始めた頃、ようやく体の中に侵入してきた。

「あ……っ……ぁ、あ……ん……」

ほとんどしゃくり上げる秋野の中に、北斗が猛ったものを深々と差し込んでくる。

あまりに大きくて固くて、こいつはよく俺に触るだけで我慢できていたものだと、秋野はひどく感心した。

感心している間に、深いところで留まりながら何度も強く中を擦られ、体を揺さぶられて、切羽詰まった啼き声を漏らす。演技以外でこんなふうに馬鹿みたいな喘ぎ声を漏らすことが、竹葉の男を相手にする時以外であるなんてと、秋野は自分でも信じられない思いだった。

北斗に犯されることが——北斗と繋がることが、気持ちよくて、気持ちよくて、仕方がない。

甘い痺れに全身を侵食されて、脳細胞までおかしくなっていきそうだ。

「んんッ……、……ゃ……ぁ……！」

「アキの泣き方、可愛いなあ」

泣かせておいて悪怯れず、むしろ嬉しそうにそう言う北斗の肩に、秋野は容赦なく牙を立てた。

だがもう触られすぎたせいであちこち弛緩していて、今日も肉を食い千切ってやることができない。

むしろ甘噛みになって、北斗は嬉しそうな声を漏らしていたので、腹立たしい。

「可愛い、可愛い。……愛してる、秋野。アキ」

ソファに体を押しつけられるように全身でのしかかられ、泣き言を言うまで解された穴を奥深くまで肉棒で串刺しにされて、そういう行為に全身で悦んでいた秋野は、北斗が愛してると囁くたびに気が遠くなりそうな感覚を味わった。

強すぎる快楽のせいだけではない。

もしかしたらこれを幸福とか何とか言うんじゃないかと、薄々考える。

繋がったまま北斗を、絞め殺す勢いで抱き締めると、至福感は倍増しになった。

「中に、出せ……っ」

秋野は北斗の手や口で何度もいかされたのに、北斗はまだ一度も達していない。

狡い気がして、秋野は相手の体を腕だけではなく両脚でもぎっちりと押さえつけ、そう命令した。

「それはもう――喜んで」

本当に嬉しそうな北斗の声を聞きながら、ちゃんと中に出させるまではと、遠のきかける意識を秋野は必死に手許にたぐり寄せ、与えられる感触を目一杯嚙み締めた。

◇◇◇

朝なのか昼なのか夜なのか、いい加減よくわからない。

ソファの上で散々まぐわったあとも、北斗に連れられて行った浴室でまた繫がって、寝室に移動したあとはやられっぱなしな気がして腹が立ったのといい加減疲れていたので、秋野の方から北斗のペニスを口で愛撫してやった。

そのまま口で終わらせようとしたのに、いつの間にかまたベッドに押し倒され、前とか、後ろとか、下とか、上とか、いろんな恰好でいろんな角度から責められ、声が嗄《か》れるまで泣かされた。

だから目を覚ました時にはそれから何時間経ったか見当もつかず、ぐったりとベッドに伏せることしかできなかった。

「……さすがに、疲れたなあ……」

北斗の方は秋野より先に目を覚ましていたか、眠らずに秋野の寝顔でも眺めていたらしい。

相手が妙に嬉しげなのが訝しく、何となく自分の体を見下ろすと、秋野は完全に狐の姿に戻っていた。疲れすぎて、人の姿を保っていられなかったようだ。

（いつからだ……）

正直、覚えていない。まさかまぐわっている途中でこの姿になったんじゃ、と思うと何か怖ろしくて、秋野は考えることも思い出そうとすることもひとまずやめた。

「でも、気持ちよかった」

そう言う北斗に引き寄せられ、すっぽりと腕の中に収められて、頭や背を撫でられる。

「さっき連絡がきて、あのショッピングモールの再建設、やっぱり竹葉が落札したってさ」

撫でられる心地よさに浸っていたのに、北斗がそんな報告をするので、フッと夢から覚めるような心地になる。

「ま、竹葉が変な問題のある建物にかまけてる間に、うちは普通に工事できるところだけを狙ってどんどん進めりゃいいんだ。秋野は、見たらわかるんだろ、そういうの」

竹葉の名前を聞くたびに落ち着かないのは、今も変わらない。

何十年にも亘る恨みが、あっという間に払拭される便利な術もない。

「……言っておくけど、俺はまだ、東吾や竹葉への復讐を諦めてないからな」

言葉にも恨みを籠めて言ったつもりなのに、北斗に抱き締められて背中を撫でられると、また疲労と眠気に襲われて、寝入ってしまいそうになる。

「はいはい、だから、一緒に竹葉をぶっ潰そうな」

いい加減な調子で北斗が言って、秋野の背中を叩く。

いろいろ言い返したいことがあったが、まあ、とりあえずもう一度寝て、起きてからでいいかと、秋野は日和った。

「ちょっと休むだけだ……今はおまえのところにしばらくいてやるけど、そのうちに、また竹葉に……」

言いながら、どんどん意識が眠りの底に吸い込まれていく。

「はいはい、はいはい。ちょっとだけな。ちょっと——五十年くらい？」

北斗が何か言っていたが、眠くて眠くて、最後まで聞けなかった。

（そうだ、ちょっとだけだ）

そう自分に言い聞かせながら、秋野はそれから当分、北斗の腕の中で、あまりにも気持ちよく滾々《こんこん》と眠り続けた。

あとがき

子狐もいいけど大きい狐もいいな、大きい人に耳と尻尾がついてるのもいいな、と今回書きながらしみじみ思いました。狐はいい…！

秋野《あきの》と北斗《ほくと》のお話はこの一冊ではじまりこの一冊で終わっていますが、以前プラチナ文庫さんから出していただいた『恋狐の契り』という本から繋がっていますので（今回の冒頭に繋がるところがあります）、もし未読の方でご興味持っていただけたら、そちらもお手に取っていただけますと嬉しいです。

電子書籍でも発行されているようなので、店頭にみつからない場合はよろしければそちらで…。北斗は出ていませんが、秋野が出てきます。この本にちらちら出てくる東吾《とうご》と理《り》也《や》のお話になります。

その本で、狐使いと狐の関係などが書いてて楽しかったです、のようなことをあとがきに記したと思うんですが、まだあれこれ書きたいなあということが残っていたので、担当さんから続きというか秋野を幸せにしてほしいとお話をいただいて、これ幸いとまた書かせていただくことができました。

今回は狐と狐使いの話ではありませんでしたが、捻くれた狐と人の話を聞かない（気にしない）人のお話もまた、書いてててすごく楽しかったです。

これも前作のあとがきでも書いたんですが、狐と狐使いの関係とか、狐使いって具体的に何やってんの、という辺りはやっぱり書き切れなかったというか書かない方がいいだろうと思い今回も本編で触れずにいることが多くて、でもその辺りもいつかうまいこと何かしらで書けたらいいなあと思っています。妄想だけは常にいっぱいある…。

とにかく狐のもふっとしたところの素晴らしさを、少しでも読んでる方に伝えられていたら嬉しいです。おとなに耳やしっぽがついていることの素晴らしさも…！

私も大きい狐と一緒に寝てみたいです。


今回も、前作に引き続き兼守《かねもり》美行《みゆき》さんにイラストをつけていただきました、ありがとうございます！　秋野がとても色っぽくて、北斗も恰好よく、また素敵なものを描いていただいて感謝ばかりです。いやあ狐書いてよかった…よかったなあ…。

秋野の話を、とおっしゃってくださった担当さんにも、どうもありがとうございます。いつも本当にすみません。

そして前作に引き続き、あるいは今回たまたまこの本をお手に取ってくださった方に、何より感謝いたします。よかったら一言なりともご感想いただけますととても嬉しいです、よろしくお願いします。

それではまたどこかでお会いできますように！

渡海奈穂

Platinum Label

性悪狐《しょうわるぎつね》は夜《よる》に啼《な》く

プラチナ文庫をお買いあげいただき、ありがとうございます。
この作品を読んでのご意見・ご感想をお待ちしております。

★ファンレターの宛先★

〒102-0072　東京都千代田区飯田橋3-3-1
プランタン出版　プラチナ文庫編集部気付
渡海奈穂先生係 / 兼守美行先生係

各作品のご感想をWEBサイトにて募集しております。
プランタン出版WEBサイト http://www.printemps.jp

著者――**渡海奈穂**(わたるみ なほ)
挿絵――**兼守美行**(かねもり みゆき)
発行――**プランタン出版**
発売――**フランス書院**
〒102-0072　東京都千代田区飯田橋3-3-1
電話(営業)03-5226-5744
　　(編集)03-5226-5742
印刷――誠宏印刷
製本――若林製本工場

ISBN978-4-8296-2615-3 C0193